Der Schläfer im Schatten

Autorenschmie.de

Die Schriftstellervereinigung „Autorenschmie.de", welche dieses Werk herausgibt, ist ein Privatverlag und Zusammenschluss von Schriftstellern aller Literaturgattungen. Ihr Ziel ist es, neue Autoren zu entdecken und zu fördern und sie ist generell an neuen Ideen und Werken interessiert. Gegründet im Juni 2006 kann sie auf ein stetig wachsendes Bücherangebot in ihrem Sortiment verweisen, welches alle Gattungen der Literatur mit einschließt. Schriftsteller sind jederzeit eingeladen, ihren Beitrag zum Wachsen dieser dynamischen Autorenvereinigung zu leisten. Die Autorenschmie.de verlegt und veröffentlicht in Kooperation mit den Autoren und trägt jedem eingesendeten Manuskript Rechnung.
Weitere Informationen finden sich unter

http://www.Autorenschmie.de

Nycolay Bund

Der Schläfer im Schatten

Die Geschichte eines Sohnes

Autorenschmie.de

Bibliografische Information der Deutschen Bibliothek
Die Deutsche Bibliothek verzeichnet diese Publikation in der Deutschen Nationalbibliografie; detaillierte bibliografische Daten sind im Internet unter http://dnb.ddb.de abrufbar

Dieses Buch wird herausgegeben von der Schriftstellervereinigung Autorenschmie.de
Für weitere Informationen über andere Veröffentlichungen des Verlags und Kontakt zu den Autoren sehen sie die Homepage

http://www.Autorenschmie.de

Herstellung und Verlag:
Books on Demand GmbH, Norderstedt

ISBN: 978-3-8334-9054-5

...lieber niemandem.

Die vorliegende Geschichte ist reine Fiktion. Etwaige Ähnlichkeiten mit lebenden Personen sind rein zufällig und in keinster Weise Absicht des Autors.

Vorwort.

In seinem prosaistischen Erstlingswerk hat sich der Schriftsteller und Drehbuchautor Nycolay Bund mit dem auch noch heutzutage tabuisierten Archetyp der Mutter-Sohn-Beziehung befasst.

In einer schonungslosen, wunderbar wort- und bildgewaltigen Sprache wird in Ich-Form das unter dem Drogeneinfluss aufgetaute unbewusste Seelenleben des 19jährigen Paul dargestellt, wobei sich ein Madonnenbild mit dem toten Jesus („Pietà") wie ein roter Faden durch Paul's Geschichte zieht.

Ein für Paul unvollendetes Bild, auf dessen Vollendung sein gesamtes Dasein, mal bewusst, mal unbewusst ausgerichtet ist. Eine Leere, die es aufzufüllen gilt – aber womit? Und wodurch ist sie entstanden? Aus Mangel an Mutterliebe..? Auf der verzweifelten und vergeblichen Suche nach dieser Liebe, die gleichzeitig auch die Antwort auf Paul's Fragen wäre und die ihm die heiß ersehnte Erfüllung bringen sollte, ist er zu eigenem leeren Nachhall geworden, stets angetrieben von einer tiefen Sehnsucht, die bei ihm eine zerstörerische Zwangsneurose ausgelöst hat.

Laut Sigmund Freud war uns vielleicht allen beschieden, die erste sexuelle Regung auf die Mutter und den ersten Hass und gewalttätige Wünsche gegen den Vater zu richten. Zum Glück kommt es nur selten zur derartigen Wunscherfüllung der Kindheit, da es den meisten gelungen ist, ihre sexuellen Regungen von ihren

Müttern abzulösen und ihren Hass und ihre Eifersucht gegen ihre Väter zu vergessen. Oder nur zu verdrängen? Diese Frage stellt sich zwangsläufig beim Lesen dieses Romans, demzufolge jeder Leser, wenn auch unwillig, zugeben muss, dass in ihm mehr oder weniger tief ein Stück Paul steckt, was schier zu einer Identifikation mit diesem zornigen und unzufriedenen jungen Mann führt, der seine Geschichte im Drogenrausch in unchronologischen Bildern Revue passieren lässt.

Doch das klassische Ödipus-Komplex-Klischee wurde vom Autor vermieden, da Paul's Beziehung zu seiner Mutter nicht nur auf Verehrung, sondern auch auf Verachtung basiert. Die Mutter ist für ihn alles und nichts, eine Göttin und Hure zugleich, ein Wesen das mal im Himmel schwebt und mal im Dreck herumkriecht – aber immer dominant, gleichgültig und distanziert und immer eine gnadenlose Projektion seiner eigenen Schwächen. Sie ist sein unerreichtes Ideal, im Guten so auch im Bösen, das er in allen Menschen vergeblich sucht.

Er wünscht sich, nach dem Tode in ihrem Madonnenschoß begraben zu werden; vielleicht weil er die wahren Tränen einer Mutter vermisst?

Am Ende fand er einen Ausweg, der zu seiner einzig möglichen Katharsis führte, die gleichzeitig auch einer Auferstehung des unbeweinten Sohnes gleichzustellen ist.

Dieser ungewöhnlich und mutig geschriebene Roman mit manchen autobiografischen Zügen des erst 19jährigen Nycolay Bund (der Protagonist Paul im hier vorliegenden Werk ist ebenfalls 19 Jahre alt!), den die in Deutschland bundesweit als Filmproduktionsfirma agierende Minerva Arts Cooperation zur Verfilmung für das Kino adaptiert hat, ist zweifellos eine wahre Bereicherung für die Literatur des neuen Jahrtausends.

Es ist kein Roman, der auf klassische Art und Weise eine Handlung beschreibt, vielmehr malt er einen Seelenzustand, der selbst zur Handlung wird, womit er auch den Stellenwert eines Novums in der Geschichte des deutschen Romans einnimmt.

Aufgrund der ungewöhnlichen Erzählweise, die zweifellos ihr Publikum finden wird empfehle ich das Werk wärmstens zur Veröffentlichung.

Ulm, im Oktober 2006
Johann Lavundi, Schriftsteller.

Prolog. Die Betrachtung

...und in einem Anfall flüchtiger Erinnerungen warst Du auf einmal mir da.

Standst groß und mächtig am Tor und wartetest auf Deinen verletzten Sohn. Du hattest sie gehasst, Deine Aufgabe, in welche es Dich immer wieder zurückdrängte und nach dem Krieg wieder zurückdrängte. Ich hatte es Dir auferlegt, um mich zu sein und um mich zu sorgen, ohne es besser gewusst haben zu wollen.

Standst gross und mächtig am Tor und wie eine heilige Maria - von der man hinterher sagen wird, sie hätte mich ausgesaugt, ich solle bluten durch sie -, wie eine starke Heilige mit dem Feuerschwert und eisernem Blick, bereit, Deinen verletzten Sohn zu verstossen. Deinen geliebten, tödlich verwundeten Sohn.

Ich näherte mich Deinem Schatten, um mit ihm zu verschmelzen und in seiner Dumpfheit zu schwimmen. Ich näherte mich immer wieder, doch ohne dass Du es bemerkt hättest. Was habe ich für eine Mutter, für eine starke feuertriefende Mutter, dass sie ihren verwundeten Sohn nicht annehmen mag?

Und plötzlich wurde es lebendig um Dich in Deiner Grösse. Und plötzlich stand ein Beben in der Luft, als Deine Wärme mich erreichte, um über mir zu sein und immer über mir zu sein. Und plötzlich trat ein Schwall Wärme über meine Ufer. Wenn ich es jemals geliebt hätte, sie so zu spüren wie im ersten Augenblick.

Wenn ich es jemals gerochen hätte, wie eine Vertrautheit riecht, ich wäre noch immer Dir zur Seite.

Eine Augenblicklichkeit am Abend lähmt mich, da ich erfahre dass Du mir nicht bist. Lähmt mich, da ich aufrichtig handeln möchte und Du es mir nicht wahrnimmst. Ich schreibe Dir, um alles zu erfahren wie es Dir geht, Du schreibst nicht mehr in Deiner unendlichen Entfernung.

In der Du flüchtetest vor mir, in der Du flüchtetest vor Deinem Sohn, der daliegt im Blut, im schwarzen, schweren Blut einer langen Zeit, das langsam gerinnt, um nicht zu sterben. Und plötzlich reisst ein Band im Schatten und ein bleicher Mond zwängt sich zwischen uns, Mutter, zwängt sich zwischen uns, als seist Du nie gewesen. Ein Tropfen Licht fällt mir in den halbgeöffneten Mund als wie ein Faden Wassers, als wie ein Faden verschmähten Lebens tritt er wieder aus aus mir, zieht sich den ganzen Hals entlang, bis zum Ansatz meines Haars, das schon lange kraus und matt daliegt.

Ein nackter Körper verteilt sich in Deinem Schatten. Ein entkleideter, nackter Körper, ein entblösster Körper aus der reinen Wahrheit und Aufrichtigkeit zeichnet sich ab zu Deinen Füssen. Die starr und gross an mir emporwachsen, jederzeit bereit, einen letzten Stoss zu vollziehen. Der allerletzte Atemzug gilt dem surrealen Dir, gilt Zuckerbrot und Peitsche, gilt einer vollen Wärme an Dir, Mutter, gilt dem ungewollten Begriff an sich und macht ihn prophetisch wie keinen anderen. Gilt einer leichten Ruhe, die sich über Deine Augen netzt, als Du mein Gehen bemerkst. Einer sanften Träne, dass es doch hätte anders werden wollen. Gilt einem Stich ins Herz, der aus Dir einen neuen Menschen machen soll, Mutter. Nie wieder Mutter zu sein oder für immer? Nie wieder Mutter werden zu dürfen; sein tödlich verwundetes Kind weist man nicht ab.

Ein Ekel macht sich breit in Dir, doch wer zeigt Dir das ausser Dein leidiges Umfeld. Doch wer zeigt Dir, dass Du im Recht bist. Wer sagt Dir, dass es nicht noch einmal werden kann, wenn Du Deinem Sohn hilfst, der matt und leichenblass daliegt, im Auge ein letztes schwaches Flackern von Liebe zu Dir, Mutter.
Ich muss Dir zuwider sein in Deinem Schatten, den Du für Dich beanspruchst wie eine Katze ihr Revier. Ich muss Dir zuwider sein in der Rolle, in die ich Dich zwängte, nur um Dich abgöttisch lieben zu können. Ich muss Dir zuwider sein, dass Du regungslos dastehst mit dem Feuerschwert in der Hand.

Ich bleibe in Deinem Schatten ein Leben lang, Mutter, und immer wird er mich tragen, auch wenn mein Weg heute hier vorbei sein wird. Ich werde hinüberreisen in jene unbekannten anderen Schatten, die mir immer zu gross waren für einen Gedanken. Heute werden sie mir vertraut sein, da ich hier in Deiner Nähe keine Zuflucht finden will. Warum bist Du so weit, Mutter, warum bist Du soweit entfernt von einem

Funken Mut, durch den Du mich retten kannst vor den Hieben der anderen; durch den Du mich behüten kannst vor Deiner Tobsucht wenn ich nicht mehr bin.

Es geht mir jetzt gut, da ich weiss, dass ich von Dir muss. Es geht mir gut jetzt, da ich merke, dass auch Du an meiner Statt sein wirst, in einer kleinen Weile, wenn die Welt Dich verlässt, wenn das Elend und die Einsamkeit sich in Dir ausbreiten, Mutter. Es tut mir gut, diese scharfgeschliffene Schadenfreude ausprobieren zu dürfen an Deinem künftig eigenen, kurzsichtigen Schmerz. Dein Kind liegt und leidet, Mutter. Dein Kind liegt und leidet.

Und doch sehne ich mich nach diesem Bild, an dem ich selber teilhaben durfte.

‚Mein Sohn liegt und stirbt' - und ich will ihm diesen meinen Arm um die Schulter legen, damit er sich tröste.

‚Mein Sohn leidet und weint' – und ich will ihm meinen Schoß offenbaren, damit er sich darin wärme.

‚Mein Sohn winkt und geht fort' – und ich will ihm noch einen letzten Blick schenken, ein Netz aus Trauer über einen viel zu frühen Abschied.

Es ist ein unvollendetes Bild, das sich mir bietet, in seiner Eleganz des Grauens; es ist ein unvollendetes Bild, wie auch mein Leben mit Dir bereits unvollendet geboren worden ist. Es ist ein unvollendetes Werk, unser Halten, an den Händen, und tot, das Werk, sobald die dritte Stimme flüstert. Und plötzlich bricht etwas ab, was Halt gegeben hat im Strom. Und plötzlich hört etwas auf, das uns zwei Menschen näher gebracht hat als jemals zuvor.

Und plötzlich reisst ein Band im Schatten und ein bleicher Mond zwängt sich zwischen uns, Mutter, zwängt sich zwischen uns, als seist Du nie gewesen. Ein Tropfen Licht fällt mir in den halbgeöffneten Mund als wie ein Faden Wassers, als wie ein Faden verschmähten Lebens tritt er wieder aus aus mir, zieht sich den ganzen Hals entlang, bis zum Ansatz meines Haars, das schon lange kraus und matt daliegt.

Ich werde nicht aufhören zu denken, Du seist mir Mutter gewesen, denn eine Mutter, und wenn es auch nur für kurze Dauer war, für den Moment eines Augenaufschlags, für den Bruchteil eines Lebens - eine Mutter bleibt Mutter in ihrer ganzen Pracht und bleibt für immer Mutter...

Lange werde ich verweilen vor dem Bild dieser endlosen, unermesslichen Trauer, dieses unsäglichen Schmerzes, den Du in mir verursacht hast. Lange werde ich verweilen vor diesem unvollendeten Bild eines Vertrauens, das gleich zu Beginn gescheitert war.

Ich betrachte und werde nicht glücklicher, auch wenn ich mich im Schmerz suhle wie eine Wildsau im Schlamm. Um sich zu reinigen. Ich wälze mich in jeder kleinsten Erinnerung, um mir alles abzuwaschen, was ich Dir bedeutet habe. Ich liege und leide, und werde nicht loskommen von Dir, um in die anderen Schatten jenseits des kleinen Flusses eintauchen zu können.

Ganz leise berührt mich Dein Haar im Wind. Du stehst stumm da, regungslos mit Deinem Schwert. Ich hasse Dich in diesem Moment für Deine Pracht. Die einzelnen Strähnen kämpfen mit dem Wind, ein wenig Mond überflutet für kurze Zeit Deinen Kopf, Mutter. Nie warst Du so schön und so anziehend wie jetzt.

Ich hasse Dich, Mutter.

I.

An jenem goldgelben und noch schüchternen Morgen ist es mir durchaus noch nicht bewusst.

Den Abend vorher trinke ich und trinke sehr stark, kann mich nicht erinnern. Endlos zieht sich der Abend, endlos die Nacht. Vielleicht schlafe ich gut in dieser Nacht. Du bist mir noch nicht da, Mutter, noch ist mein Bett leer und mein Bett kalt, als ich betrunken und lachend hineinfalle. Es sind Leute da und man feiert ein großes Fest, warum? Wer das denn ahne, am Abend, so spät. Jetzt falle ich in mein Bett und versinke in Erwartung, jetzt falle ich in mein Bett und lass es mir warm sein, weil ich es nicht besser weiss.

Noch eine Tüte Hasch. Sorgfältig verbringe ich Minuten damit, das Päckchen wieder unter meinem Bett zu verstauen. Drücke mit betrunkener Kraft die Matratze beiseite, drücke sie beiseite, dass der Mond den lachenden Spalt noch sieht. Es knistert und ich weiss ich bin allein. Noch eine Tüte Hasch. Du bist nicht ganz normal, Du, verletzter Sohn, Du, tödlich verwundeter Sohn.

Das Licht geht aus. Jetzt erwarte ich Dich, Mutter. Einen Tag später wirst Du mir sein.

An jenem goldgelben und schüchternen Morgen ist es mir durchaus noch nicht bewusst.

Ich wache früh auf, es ist noch Nacht. Die Stunden quälen sich und tropfen schwer aus den Ecken. Irgendwo fahren Menschen zur Arbeit, sonntags. Ich glaube nicht und versinke im Taumel der fließenden Übergänge zwischen Traum und Wirklichkeit.

Du kommst herein, Mutter, in mein Zimmer. Du kommst herein, es ist noch nicht Zeit. Du kommst dennoch und weckst mich. In einem fange ich nicht an, den Tag zu genießen. In einem Wahnsinn ignoriere ich Dich. Ein Wahnsinn, der gleiche Wahnsinn, der mich später in Deine Fänge treiben soll, lässt mich schlafen. Warum schlafe ich gut an diesem Morgen, nach erfüllter Nacht der Erwartung? Fliege, Fliege, flieg' herum in grenzenloser Dummheit, zu Füssen Deine vergewaltigte Menschheit. Fliege, Fliege. Flieg' herum.

Die eine Tüte Hasch kracht im Bett wie ein Sylvesterknaller, als ich mich träg' aufrichte an einem Sonntagmorgen. Gelb wie vergilbtes Papier steht das Licht der Morgensonne mir da. Ein grelles, doch nicht grelles Licht, das zuckt durch das dreckige Fenster. Fliege bestirbt den Raum. Ich habe das alles verdient hier, alles, in einer grenzenlosen Dummheit, mir zu Füssen die vergewaltigte Dummheit. Fliege über sie hinweg und fliege über alles, was mir Spaß macht an diesem Sonntag. Bis ich sterben will, bis ich sterben will, dann sterbe ich ganz einfach und niemand nimmt Notiz daran -

Wie lustig es doch sein mag, tot zu sein, fragt Fliege mich. Ich rieche nur schlechten Atem und fahre mir durchs Haar. Wie lustig es doch sein mag, tot zu sein, fragt Fliege. Noch immer weiss ich keine Antwort, stattdessen reiße ich ihr penibel jedes einzelne Beinchen aus, zuerst das vordere linke - Fliege liegt auf der

Fensterbank wie auf einem Seziertisch - dann die beiden hinteren, zum Schluss das obere rechte. Die rechte Hand Gottes reiße ich aus, das geht ganz einfach. Wo ich schon dabei bin entferne ich auch gleich unter nassem Flutlicht die Flügel. Fliege, wie ist es, tot zu sein? Schön, nicht?

So wie ich früher den Puppen meiner Schwestern die Arme ausriss, den Haarschopf dem Erdboden gleichmachte, den Mund mit Dreck zustopfte, ihnen eine Mutter sein wollte, denn einen Vater hatte ich nie, woher sollte ich wissen wie ein Vater handelt. Dann lagen sie vor mir und ich erfreute mich daran, sie in den Arm zu nehmen und ihnen mit tränbenetztem Auge meine Liebe zu gestehen. Hätte ich sie doch nur nicht umgebracht.

Fliege liegt da und liegt nur da und sagt nichts zu alldem. Jetzt erinnert sie mich an Geste, die ich früher immer machte, wenn Puppe tot und zufrieden dalag. Ich schloss Puppe immer die Augen, im perversen kindlichen Authentizitätstrieb. Ich schließe auch Fliege die Augen, indem ich ihr langsam aber geduldig den Kopf abzwicke. Daumennagel hier, Zeigefinger da, tot. Nach Pink Floyd läuft Rock 'n' Roll. Auch gut.

Fliege ist nur ein hartes schwarzes kleines Ding, das ich in einem Anfall von Leben wegpuste, nicht aber ohne es vorher schützend in meine hohle Hand genommen zu haben.

Ein gellender Schrei weckt mich auf von Fliege. Fliege liegt jetzt da und liegt stumm. Hält Stille im großen Gefühl der Trauer danach. Finde ich lustig, dass es jetzt gellt, dass es jetzt um mich gellt. Es war so ruhig, so sanft, ein gellender Schrei. Wo er herkommt, weiss ich nicht. Es stört mich. Ich möchte wissen, was er soll und warum er da sein muss, an einem zerbrechlichen Sonntagmorgen. Er schwebt einfach und hält Trauer wie Fliege und die vergessene Puppe auf dem kindlichen Seziertisch Bett. Es bebt um mich im Raum. Langsam erschüttert sich auch meine Erinnerung. Jetzt ist Fliege flieg herum in grenzenloser Dummheit, zu Füssen Deine vergewaltigte Menschheit, jetzt ist Fliege weg. Weg, und ich mag sie nicht aufgehalten haben in meinem Eifer, zu töten. Ich gefalle mir auch so.

Das Radio pfeift Johnny B. Goode, warum, am Sonntagmorgen Johnny B. Goode? Das gefällt mir nicht, ich werfe den Radiokasten gegen die Wand, an welcher der Schweiß und das Sperma der letzten Nacht kleben, als ich, die Hand unter der Bettdecke, an eine traurige Mutter über einen verlorenen Sohn, über einen verletzten und sterbenden Sohn, als ich, die Hand unter der Decke, an Dich gedacht habe im Reiz der endlosen Fantasie. Ich lege mich oft ins Bett und mache das, Mutter. Es gefällt mir und ich weiss nicht warum Du mich schlägst, Mutter.

Ich gehe vom Fenster, verfolgt von Licht und es tut mir weh im Kopf, und es tut mir weh im Kopf, wenn ich mir vorstelle, wie es mich durchbohrt, mich flutet.

Ich gehe vom Fenster zum Bett. Besehe mir die Flecken, die an der Wand trocknen. Ein Kind, murmle ich. Ein Kind, dem ich die Haare und Ärmchen ausreißen und den Mund mit Dreck stopfen kann. Ich habe mein Kind an die Wand gespritzt. Ich habe mein

Kind an die Wand gespritzt, weil es sich geil anfühlt, ein Kind an die Wand zu spritzen. Ich bin meiner Gottheit voll und ganz gerecht geworden, ich habe ein Kind an die Wand gespritzt, es zerrieben und ein bisschen daran gerochen. Warum schlägst Du mich? Es war schön. Dann bin ich zurückgekehrt zur Fantasie und habe mich ein zweites Mal vergangen an der Göttlichkeit. Du hast mir ein Bild gegeben, ein nacktes Mutterbild, am Abend. Du bist keine sorgende Mutter, ich hasse Dich.

Ich liege auf dem Bett und fahre leicht mit dem Finger über die sichtbaren Stellen an der Wand. Das war er, der Schrei, synästhetischer King Orgasmus. Warum ist er gelb, der Höhepunkt, warum nicht blau oder grau; wie dieser Sonntagmorgen der sich an den fasrigen Fensterscheiben zusammenbraut. Es läuft und läuft, gestern abend, fünf starke Spritzer, es läuft und läuft. Es kommen Millionen Ärmchen und Härchen und Münderchen aus einer blutroten Spritze. Alle zum Entreißen. Ich freue mich insgeheim auf diesen Tag, nur schlage mich nicht mehr, Mutter, schlage mich nicht mehr, ich werde es nicht verdient haben. Ich, von dem man später sagen wird, es hätte Grosses aus ihm werden können.

Ich liebe diese Zeitform, Futur II, weil sie mir einiges an Angst und Sorge nimmt. Weil sie mir einiges an Angst und Sorge nimmt. Wieso? Ich habe ein glückliches, pervers glückliches Leben an diesem Sonntagmorgen.

Mit einem leisen Knall platzt sie auf. Der gleiche Knall wie King Orgasmus abends. Zur Wand. Das weiße

Pulver liegt auf dem Rost und trägt gleiche Trauer wie Fliege und Puppe. Mist, verschaff das Zeugs, die Bullen. Ich bin doch selbst einer - ...

Beim Frühstück, weiße Decke, eine letzte Blume, viel Kaffee, harte, steinharter Brötchen wie Sperma-Kinder-Orgasmus-Flecken an der Wand, gelb, getrocknet, verrieben, und Du stehst im Schatten wieder gross und erotisch da, Mutter.

Fliegeflecken, auch wie eine zerdrückte Spinne auf dem Weg in ihr schützendes Heim, die Arme. Nimmst Dein Feuerschwert von der Wand und schlägst mich wund und blutig, Mutter. Max Ernst in Vollendung, stehst Du da und schlägst zu. Drei-, viermal, fünfmal, sechsmal, sieben, acht, ich wunde und blute, neun, zehn, elf, zwölf, solange bis Du tränenüberströmt und leise Dich an Deinen Kaffeetisch setzt, Deine Serviette in den Blusenkragen fummelst und Deinen Kaffe schlürfst mit dieser Bewegung, dieser sanften Geste, dieses Augenblicks von Schwäche, als Du die Lippen schürzt ob des heißen Rands des Getränks, ob der Furcht vor Verletzung. Dreizehn. Ich liebe diese Geste. Auch macht Dich ein einziger, vergessener Ellenbogen auf meinem Knie schwach. Ich liebe diese Augenblicke.

Ich rede kaum, an einem Sonntagmorgen, da ich nicht will dass es zwischen uns wieder schlecht wird. Ich werde Dir nicht erzählen dass ich heute abend Dich in Deiner Schönheit nehmen werde und mit Dir Liebe treiben werde, Dich heute abend nehme, nein, das erzähle ich Dir nicht. Ich erzähle Dir auch nicht dass Du fröhlich sein wirst und fröhlicher als ich wenn wir uns treffen, wozu. Das weißt Du selber. Du hättest mich sitzengelassen. Du hättest mich in meiner Pietà sitzengelassen und unser Werk unvollendet zurückgelassen. Du bist eine Rabenmutter, Engel, Rabenmutter. Ich möchte Dir die Arme herausoperieren mit einer scharfen scharfen scharfen Säge, denn dann kannst Du mich umsorgen, Deinen verletzten Sohn.

Ich schweige, der Schrei ist verklungen. Ich habe Ehrfurcht vor Dir, Rabenmutter, doch abends schlägst Du nicht? Ich sehe nur einen vorwurfsvollen Blick, doch abends schlägst Du nicht sondern befriedigst Du einen Trieb, mit meinem Feuerschwert befriedigst Du Deine Triebe? Doch Du prügelst nicht auf mich. Doch Du prügelst nicht.

Stehe nach dem Frühstück auf und sehe zwei Fliegen sich paaren. Perverse Gedanken. Macht es Spaß? Später werde ich sie erledigen, Fliege, Fliege, flieg herum, zu Füssen eine dumme Menschheit und ein vergewaltigter Sohn, zu Füssen ein King Orgasmus der literweise Kind an der Wand verteilt.

Sie gefällt Dir nicht, die Rolle. Sie gefällt Dir auch nicht, meine Rolle. Bin ich nicht Dein Ehemann, den Du ersatzweise nimmst, suchst Du nicht nach einem wärmenden Bauch, abends im Bett, nicht nach einem regelmäßigen warmen Atem an Deiner kalten Schulter, abends im Bett. Suchst Du nicht nach einem leicht strengen Männerduft unter Deiner Zudecke, abends im

Bett. Doch stehst Du nur da und bist gross und mächtig. Und bereitest den Fuß um mich zu treten, Mutter.

II.

Jetzt räumst Du mit ernstem und schwer dumpfem Blick den Tisch. Die Spermaflecken bleiben, der Kaffeerand bleibt auch.

Der Zauber sei vergangen, denkst Du, während Du Gläser spülst. Der Zauber sei vergangen, denke ich, während ich Schlieren Kondenswassers am Fenster zerquetsche. Der Zauber ist vergangen, spreche ich laut, spreche ich deutlich vor mich hin und habe eine kleine schwarze Fliege in meiner Rechten gefangen.

Vielleicht bekomme ich Lust in diesem Moment, ihr die gleiche Tötungsprozedur zukommen zu lassen wie ihrer Schwester im gelblich-grauen Morgenlicht dieses Sonntags im Herbst. Ich weine heute bei dem Gedanken, Dich abends geliebt zu haben und geküsst. Im Kerzenschein Dich von hinten umfasst und Dir ins Ohr geflüstert Du bist mein. Wie oft denke ich daran, Mutter, dass Du mir das alles beschert haben willst, der Du es nicht besser wusstest. Vielleicht bekomme ich Lust in diesem Moment, Dir die gleiche Tötungsprozedur zukommen zu lassen, wie Du dort stehst in der grellpinken Küche, eine Perversion nachts um drei, eine Perversion, wie Du dort stehst und Teller stapelst.

Abwechselnd fällt mein Blick auf Fliege und Dich, wo dauert es länger. Fliege hat nicht so zarte Ärmchen wie Du, nicht so zarte Beinchen, Fliege ist ein Monster. Ein Monster, ha, ein Monster, und jetzt? Ich drücke im Anfall von Wahnsinn Fliege mit einem schnellen Ruck an die Wand. Fliege sieht aus wie ein Spermafleck einen Stock weiter oben. Ob Du auch einen Spermafleck hinterlassen würdest, Mutter? Vielleicht bin ich gemeingefährlich, doch nur in meinem Inneren. In meinem Innern tobt ein Wüstenwind, an diesem Sonntagmorgen.

Der große Zeiger einer langsam und beständig nervenden Küchenuhr kracht in die zwölf, der kleine in die zehn. Jetzt ist es an mir, eine Zeitspanne auszufüllen, eine Zeit totzuschlagen, die wie ein Richter dasteht und keinen Deut besser ist als die tote dumme Fliege an der toten dummen Wand mit den toten dummen toten dummen toten dummen toten dummen Kinderflecken. Der Schädel brennt, der Schädel schwelt in einer plötzlichen Hitze der Erregung, rote Schlieren bilden sich und wachsen und werden und sterbe wie Fliege - und überall bist Du, Mutter, Du, bist Du, gross und schön - so schön wie jetzt, im Spiegelbild des Fensters. Ich wabre durch Deine Umrisse, durch die eine Fliege kreist, zusammen mit ein wenig Dreck, der Dir gut steht in Deiner Schönheit. Sonst wärst Du zu perfekt, außerdem macht Dreck putzig. Vielleicht hat jemand an die Scheibe gespuckt, oder ein Vogel war und war schnell wieder nicht mehr. Du tust mir leid dass Du dies hier nicht sehen kannst, Mutter, Mutter im Dreck und im Glanz - scharfes Licht bohrt sich in die Schliere am Fenster. Kleiner Tropfen geht langsam und duldend kaputt, als er die Gummiverkleidung in sterilem Nazibraun erreicht und sich legt wie ein Pfannkuchen im Öl. Was wird aus ihm, ich habe ihm doch nichts getan. Fast empfinde ich Mitleid und Schuld am Tod des Tropfens. Fast empfinde ich Trauer am Tod des Tropfens, denn ich war nicht schuld; lieber kleiner Tropfen, warum musstest Du sterben, lieber kleiner Tropfen! Weil Du unnütz warst, lieber kleiner lieber kleiner lieber kleiner kleiner allzukleiner Tropfen, unnütz warst Du.

Jetzt stemme ich meinen Daumen in das Nazigummi. Jetzt ist er nicht mehr, der Tropfen, jetzt ist er im Nazigummi, da bleibt er und frisst Dreck - wie lustig, so ein Tropfen, wie lustig, lustig.

Ich atme schwer, doch geht es mir besser nach einem Mord über einer verschwommenen drecküberspülten Madonna mit den Händen im Waschwasser. Jetzt geht es mir besser, auch die roten Fäden werden zur Erinnerung. Ich habe gemordet, ich habe die Schuld auf mich genommen, meinen Soll erfüllt. Ich bin wieder glücklich. Ich bin wieder angepasst an alle Regeln und muss keine Angst vor Schmerzen und Schlägen haben von Dir, Mutter. Jetzt habe ich Dich befriedigt indem ich gemordet habe, Mutter. Ich liebe Dich, Mutter. Du bist berechenbar, Mutter.

Die Tüte Hasch macht mir Sorgen in ihrer ignoranten Ruhe unter der Bettmatratze. Was, wenn es Mutter erfährt. Die roten Schlieren kommen wieder. Dann habe ich Unrecht getan, Mutter, nicht wahr? So denkend stehe ich am Fenster und will gar nicht meine Augen scharfstellen. Bleibe in einem Irrealis stehen, warum auch nicht. Reise am Fenster stehend durch tausend Welten wo Du überall nicht bist, Mutter. Wo ich ächzend, stöhnend, keuchend Kinder an die Wand spritzen darf, wo es Spaß macht, Puppen zu skalpieren. Wo es niemanden stört, dass ich mit aufrechtstehendem Glied vor einem Madonnenbild sitze, an Dich, Mutter, denke. Vierzehn. Der Schlag hallt wieder wie ein dumpfes Knacken, eine goldene Uhr fliegt vorbei, großer Zeiger auf der Zwölf, kleiner auf der Zehn, lautlos, ganz lautlos. Fliegen in Schutzkleidung pflastern meinen Weg. Ein Baum wie ein Schwert, gelbes Licht, eine feuchte Muschi, braune Lippen, etwas kernig, ein kleiner Knubbel, liebe Madonna, eine Eule, Stimmen, klar, wispernd, Sterne, in Schubladen gezwängt, zitternd ein Hauch von Wärme drückt mir die Kehle zu.

Ich werde mir der Flecken an der Scheibe bewusst und wende mich ab.

Du stehst da und betrachtest mich, Mutter. Warum stehst Du nur da und betrachtest mich, Mutter. Du betrachtest mich wie zur Zeit der letzten Pietà, Mutter, der allerletzten Pietà. Du weißt noch nicht dass sie kommen wird, doch ich weiss es bereits und ich sage es Dir, doch Du hörst nicht - und Du hörst nicht und wirst nicht hören, wenn Dein verletzter und toter Sohn Dir ins Gedächtnis schreit Ich liebe Dich, wenn Dein tödlich verwundeter Sohn in Deinem Schatten kauert und Deine volle Mutterwärme spürt obwohl sie vergangen ist - Du stehst da und betrachtest mich mit einem Blick, der Mitleid und Trauer und Sehnsucht nach mir birgt, warum kommst Du nicht einfach zu mir, zu mir, kommst nicht einfach her und wir schlafen miteinander, hier, auf der Scheibe, bringen einen neuen klebrigen getrockneten Kinderfleck darauf. Ach Mutter.

Halte Deinem Blick nicht stand und gehe wortlos an ihm vorbei, ins dunkle Eck, ins dunkle Eck, gehe wortlos Stufe für Stufe, 14 Stufen sind es, ich zähle sie jedes Mal, eins, zwei, drei, vier, bis vierzehn, und dann bin ich oben. Ganz langsam steige ich sie empor, mein Arm streift leicht an der apfelgrünen Wand, ein Traum aus Galle. Nach unten in den Keller sind es zwölf. Es macht mehr Spaß nach unten zu gehen, zu Dir, Mutter, als nach oben, ins Versteck. Jedes Mal zähle ich sie, seit 19 Jahren zähle ich Treppenstufen. Zähle und wenn ich zwei auf einmal nehmen will, zähle ich doppelt, das macht Spaß. Zähle und zähle sehr genau, damit ich nichts falsch mache, Mutter, damit Du nicht schimpfst und nicht Deine Prügel über mich ergießt. Fünfzehn. Ich bin froh Dich zu haben, Mutter. Ich bin froh dass Du mich liebst, Mutter, dass ich nicht alleine bin, Mutter. Ich bin froh dass ich jederzeit zurückkehren kann als der verlorene Sohn, jedoch nicht als der tote und verwundete Sohn??? Ich kann doch nicht mehr, nur in meinen Fantasien gibt es noch das kleine offene Türchen, die Katzenklappe, das unerwartete Licht - ich gehe hindurch, mache mich schlank unter Schmerzen und anpassungsfähig und gehe hindurch und Du stehst auf grüner Wiese mit gar nicht großem und gar nicht starkem Antlitz, stehst Du auf der Wiese und erschrickst und freust Dich und lachst mich an und kommst auf mich zu und die Fantasie ist vorbei. Reicht nicht für mehr. Ich spüre nie die Umarmung eines Du in meiner Fantasiewelt.

Durch Dich ist mir ein negatives Frauenbild bewusst und eigen, durch Dich bin ich nicht mehr fähig zu lieben. Du heißt Nora, Mutter, ein Name der mich verfolgt, Mutter. Durch Dich hänge ich mehr am Tod als am Leben. Ein Name der eigentlich ein schöner Name ist, ein zu schöner Name für eine Gestalt die nur dasteht und nichts tut und mich ausbluten lässt aus Angst und feigem Schmerz und einer kleinen Banane, die sie fickt. Zu kleine Banane, vorallem nach mir. Dass Du Dir die Bestätigung holst bei anderen, Mutter, nicht bei Deinem toten Sohn.

Die Tür zu meinem Zimmer steht einen Spaltbreit offen, und ein grauer Teppich von einem Herbstmorgen hat Einzug gehalten in meinem Bett, in dem so viel passiert ist. Hat Einzug gehalten auf meinem Schreibtisch, vergilbt ein Blatt, zerstört eine rote Rose. Langsam gehe ich und nichts denkend hin, wühle mich durch Berge von Müll und alter Wäsche. Langsam gehe ich und nichts denkend ist eine Lüge, ich weiss was ich tun werde. Räume frei. Öffne die Schublade, die zweitoberste. Papier. Ein Stift, rechte Seite, oberstes Fach. Wieso schwarz? Ich beginne zu schreiben.

... und in einem Anfall flüchtiger Erinnerungen warst Du auf einmal mir da.

Standst gross und mächtig am Tor und wartest auf Deinen verletzten Sohn. Du hattest sie gehasst,

Deine Aufgabe, in welche es Dich immer wieder zurückdrängte und nach dem Krieg wieder zurückdrängte. Ich hatte es Dir auferlegt, um mich zu sein und um mich zu sorgen, ohne es besser gewusst haben zu wollen.

Standst gross und mächtig am Tor und wie eine heilige Maria - von der man hinterher sagen wird, sie hätte mich ausgesaugt, ich solle bluten durch sie -, wie eine starke Heilige mit dem Feuerschwert und eisernem Blick, bereit, Deinen verletzten Sohn zu verstossen. Deinen geliebten, tödlich verwundeten Sohn.

Ich näherte mich Deinem Schatten, um mit ihm zu verschmelzen und in seiner Dumpfheit zu schwimmen. Ich näherte mich immer wieder, doch ohne dass Du es bemerkt hättest. Was habe ich für eine Mutter, für eine starke feuertriefende Mutter, dass sie ihren verwundeten Sohn nicht annehmen mag?

Und plötzlich wurde es lebendig um Dich in Deiner Grösse. Und plötzlich stand ein Beben in der Luft, als Deine Wärme mich erreichte, um über mir zu sein und immer über mir zu sein. Und plötzlich trat ein Schwall Wärme über meine Ufer. Wenn ich es jemals geliebt hätte, sie so zu spüren wie im ersten Augenblick. Wenn ich es jemals gerochen hätte, wie eine Vertrautheit riecht, ich wäre noch immer Dir zur Seite.

Ich mag Dich nicht, Mutter, als Du ins Zimmer hereinschaust. Ich hatte die Türe geschlossen. Du weißt noch nichts von heute abend, Du weißt noch nichts. Du hast Erwartungen, vielleicht auch nicht, Mutter? Später

wirst Du mir sagen dass es schön war, Mutter. Dass es schön war mit mir zu schlafen, während ich den Stift hier neben mich lege und ein bisschen Cola trinke, um mich zu halten. Währenddessen es bereits halb elf am mmmmm
Vormittag am Sonntag Vormittag sein darf und es immer näher rückt und es immer immer näher rückt. Unser surreales Treffen.

Ich mag Dich nicht, Mutter. Ich möchte Dich töten. Wie oft stelle ich mir das vor an diesem Tag, Dich zu lieben wie Fliege, Puppe und Spermafleck an meiner Wand. Dich zu lieben weil Du böse warst und ich auch mal schlagen will, einfach zuschlagen und hinterher befreiend aufatmen, Lippe schürzen und Kaffee schlürfen.

Gelber getrockneter Fleck, wieso verursachen alle Lebewesen den gleichen Dreck. Zum Drinrumreiben und ein bisschen schleimig der zu lang geratene Zeigefinger. Der scharfe Geschmack, ob tote Mutter auch so schmeckt. Ich möchte es probieren, ich möchte ein Stück tote Mutter am Zeigefinger kleben haben.

Ein unmenschlicher Hass kotzt sich mir vor die Tischkante. Stummer Zeuge Radiowecker sieht mich mitleidig an, als Dank fliegt er gegen die Wand, am Sonntag morgen, zehn Uhr und 46 Minuten. Mach keinen Mucks mehr, stummer Zeuge Radiowecker, stummer Zeuge Radiowecker macht keinen Mucks mehr, der sich zum gellenden Schrei der Stille mausert. Und wieder steht ein Beben zwischen mir und Dir, und wieder steht ein Beben zwischen uns, die wir leidlich jung und naiv sind. Wieso habe ich in Gedanken gerade dies vollzogen, Dich mit dem Rücken an die Tür zu nageln und voller Wucht gegen die Wand zu fahren. Liebst Du mich noch, Mutter. Ich wünsch es mir so sehr. Am Schluss ist Pietà Selbstmord, reiner Gedanke Selbstmord, der klar tropft wie eine Flüssigkeit aus einem kleinen Destillierröhrchen. Also haben gespritzte Kinder und Mord nichts miteinander zu tun.

Wieder atme ich auf, wieder nehme ich den Stift zur Hand. Wieder aufs Papier. Wieder schwarzer Stift.

Eine Augenblicklichkeit am Abend lähmt mich, da ich erfahre dass Du mir nicht bist. Lähmt mich, da ich aufrichtig handeln möchte und Du es mir nicht wahrnimmst. Ich schreibe Dir, um alles zu erfahren wie es Dir geht, Du schreibst nicht mehr in Deiner unendlichen Entfernung.
In der Du flüchtetest vor mir, in der Du flüchtetest vor Deinem Sohn, der daliegt im Blut, im schwarzen, schweren Blut einer langen Zeit, das langsam gerinnt, um nicht zu sterben. Und plötzlich reisst ein Band im Schatten und ein bleicher Mond zwängt sich zwischen uns, Mutter, zwängt sich zwischen uns, als seist Du nie gewesen. Ein Tropfen Licht fällt mir in den halbgeöffneten Mund als wie ein Faden Wassers, als wie ein Faden verschmähten Lebens tritt er wieder aus aus mir, zieht sich den ganzen Hals entlang, bis zum Ansatz meines Haars, das schon lange kraus und matt daliegt.

Alles in einem Guss. Warum habe ich so lange geschwiegen, warum habe ich so lange geschwiegen als Vater wegging, warum so lange geschwiegen als ich heiraten wollte, Dich, Mutter Nora, warum so lange geschwiegen in meiner Angst vor Dir. Sonntagmorgens am Kaffeetisch wird mir alles klar und klar weil ich nicht will dass Du leidest, Mutter, weil Du mir alles bedeutest, Mutter. Bist Du denn so weit weg von mir, auf unendliche Distanz entfernt.

Warum liegt der Radiowecker tot da. Ich schaue ihn mitleidig an, in Erwartung, dass er doch wieder lebendig werden solle. Schraube ihn mit dem Fingernagel auf, es geht nicht. Hole die kleine höllisch scharfe Schere aus dem Stiftefach, rechte Seite, oberste Schublade. Sie ist gelb und erinnert mich an ein tödliches Licht heute morgen. Langsam bohre ich die Spitze in das Loch wo die Schraube steckt und feststeckt und keinen Schmerz empfindet. Vielleicht tut so ein kleines schwarzes Loch gut. Auch mir, Mutter. Ein kleines schwarzes Loch voll Schatten, in dem ich kauere. Und kauern kann und kauern darf.

Bringe das Teil auf. Vor mir ergießt sich ein Gewirr aus Platinen, kleine Städte, wo Menschen und Puppen und Kinder drin leben könnten, wo sie alle mit einem kleinen unsichtbaren Auto fahren und alle in kleinen unsichtbaren Häusern leben und kleine unsichtbare Hüte tragen und unsichtbare Flecken an unsichtbare Wände spritzen, mit unsichtbaren zu lang geratenen Fingern drin rumrühren und sich denken - ein Kind.

Reiße mit der Routine und der Vorsichtigkeit eines Chirurgen - wäre ich nicht zur Polizei gegangen wäre ich Urologe oder katholischer Priester geworden, wohl um eine unterschwellige homosexuelle Seite an mir auszuleben - die Hauptplatine heraus, Wecker liegt jetzt da und hält Sterbegebet. Untersuche sie mit bloßem Auge, keine Menschen, keine Kinder, keine Flecken. Wenn ich sie umdrehe? Was macht Mutter mit mir, wenn ich meinen Radiowecker erledige, ihm Ärmchen und Beinchen und den kleinen Lichtknopf oben rausoperiere? Fliege schaut mich an aus dem Wecker.

Spiel Johnny B. Goode, los, spiel Johnny B. Goode, Rock 'n' Roll, wie so oft in meinem Gehirn, wenn ich an rauschende Feste denke die ich gefeiert habe mit Dir, Mutter.

Wir sind nach viel Alkohol und Tanzen aufs Damenklo gegangen und Du hast mir einen geblasen, hast vor mir im Dreck gekniet, war das schön. Hast vor mir im Dreck von Millionen gekniet, im Bakterienschlamm, und hast mir einen geblasen. Ich liebte Dich, Mutter, in solchen Augenblicken, weil Du mir gleich warst. Warum betrügst Du mich, der ich eine kleine Fliege für Dich töte. Nur für Dich habe ich es getan. Um Prügel zu ernten, Mutter, Du verstehst nichts. Ich bin Dein großer Sohn, wenn ich ihn wieder zusammenbringe? Ja, ich bin Dein großer Sohn wenn Du mir verziehen hast und vergessen dass ich Dich angelogen habe dass es mir gut geht.

Wecker fällt aufs Blatt und verschmiert Tinte. Ich werfe ihn davor mit voller Wucht ein zweites Mal an die Wand. Penible Sauberkeit, und wenn nicht, der muss gehen. Hebe ihn wieder auf und halte ihn schützend an die Brust. Wie eine Madonna ihr Kind; ob sie auch mal daran denkt ihren Sohn an die Wand zu schlagen?

Nur heute abend keine solchen Gedanken.

III.

Der Wüstenwind, der heulende Wüstenwind eines Sonntags im Herbst treibt einem Mittag entgegen, einem Irren in die Hände fällt der vergangene Morgen voll toter Fliege und einer vergessnen Puppenandacht in Gelb. Gleich einer Marionette mag er aufziehen, ein Mittag, ein wahnwitziger Marsch aus kleinen gespritzten und verriebenen und wieder gespritzten auf dass es endlich seine Erfüllung finde – ein wahnwitziger Marsch Kindersoldaten auf kleinstem Felde aneinandergeschweißt. Eine lichtumkränzte Maria mit einem tödlich verwundeten Sohn wird Erinnerung, als ich Dir entgegensterbe am Herbsttag dreizehnter November. Sterbe Dir entgegen wie ein Sohn seiner Rettung im Schatten einer Feuermutter, im Bakterienschlamm voll elender Gefahren, nur um Liebe zu tun, wie ein Sohn dem Mutterschoß entgegenstirbt am Abend – ...

Vor fasrigem lichtgetauchtem Glas wird eine trauernde Stimmung genau im Herbst. Wird genau und immer genau wird sie uns bleiben, die wir noch entfernt sind, Mutter. Gedanken kreisen und kreisen und finden nicht mehr hinaus in weite, hohe Regionen eines Alltags.

Sehe auf ein herbstgetauchtes Bett, in dem wir uns nicht lieben werden. Nur ich werde in morbider Lust, die Hand unter der Decke, als wie ein Gott in Pantoffeln, Dir das zu geben was Du mir trachtest, Mutter, ein kleines Kind, ein Spross vom Leben, das bald hier vorbei sein wird in ewigem Gedenken an Dich, Mutter.

Ein halbstarkes Christenschwein liegt und träuft an die Wand und träuft nur an die Wand und kann nicht anders.

Härte verlangst Du, Mutter, Härte verlangst, unwillkürliche, unerbittliche Härte. Härte, grausam scharfe schwarze Härte. Sei es Dir ein Manifest und eine Befriedigung, eher werde ich nicht ruhen als dass die Vollendung da sei –
Und wieder der wahnwitzige Marsch von Kindersoldaten blitzt auf und macht Dich schwach, elend schwach macht er Dich, Mutter und sei es nur für ein kleines Weilchen. Elend trübt er Dich und reißt schwere Risse in Deinen weiblichen peniblen Gestank – und wird genau am Mittag. Eins, zwei, eins zwei, wie Schläge hallt es in allmächtiger Gewohnheit wider, Mutter, Dir ein Lobpreis, wie im Winter am Bach – Lobpreis haben sie Dir alle geschrieen, Mutter. Die knorrigen enttäuschten Bäume, Silhouetten wie Du mir eine bist am Tor mit dem Feuerschwert; Lobpreis Dir geschrieen, die rauschenden Massen schwarzen und trüben Wassers, unerbittlich harten und immer harten Wassers in der Nacht, die wir abschritten, um uns zu sein und zu genießen; Lobpreis haben sie Dir alle geschrieen, die jaulenden Straßenhunde, die jaulenden Sirenen, Feuersirenen, in schwarzes Tuch gehüllte Sirenen, warum haben sie Dir alle geschrieen und geschrieen und waren doch nicht still wie es ein stilles Bild sein will, eine Pietà mit Dir, Mutter. Lobpreis schreit

auch der Kindersoldat im Wahnwitz einer freien Liebe, der Kindersoldat, er schreit und wird nicht stumm ob eines großen Gedankens an Dich, Mutter.
Der Uhr versetze ich einen mächtigen Schlag wie ein grollender Donner, und mit einem grollenden Donner geht er zu Ende, der perverse Trieb nach Perfektion, der perverse Trieb einer Ordnung, allzu menschliche Ordnung stirbt und es tut mir nur allzu gut. Meine Hand schmerzt, ein lustvolles und nach hartem Mut, wie Du es willst, nach hartem Mut verlangendes Leiden, hoffentlich kommt die Sehne auch noch dran, hoffentlich. Hoffentlich das Instrument meiner blasphemischen Worte an Muttergott auch noch, aber bitte schlag' mich nicht mehr, es ist schön, die Hand wie eine schützende Hand eines Liebenden um die andere zu pressen und zu pressen bis auf dass das Blut stockt und dann bin ich erlöst und endlich zuhause, Mutter.
Mit einem lauten Donnergrollen läutet der Kindersoldat ein neues Beginnen ein, am Sonntag, am Mittag, dreizehnter. Lautes Donnergrollen erfasst auch meine infarktilen Nerven im Ohr und der morgendliche Schrei wird wahr - und Du stehst und schaust stumm. Wenn Du es siehst, Mutter, warum nicht bist Du mir da, Große, Liebende, warum nicht bist Du mir da wenn ich Dich brauche. Und noch immer treibe ich es mit Dir, mit Dir treibe ich es und wage nicht mehr Dir in die Augen zu schauen ob einer allzu großen Distanz und vielen Lügen; sicherlich fein säuberlich durchdachten Lügen, wie es Fantasie bedarf, doch die eine göttliche Fantasie abends im Bett sei unantastbar bis zur Vollendung.

Meine Hand schmerzt und ein wuchtiger Haufen Elends breitet sich aus und Du stehst da.

Schnitt. Ein gleiches Licht wie traumeszeiten fällt auf die schreibende Hand. Die andere in der Hose. Wenn Du mich so sehen könntest, Mutter, doch Du sitzt gestreckten Hauptes vor einer karierten Tischdecke und löst... Kreuzworträtsel... wie jeden Sonntag, am Morgen.

Radiowecker bleibt endgültig stille. Wenn Du mich sehen könntest. Wie ich ihn betrachte mit Schuld und Befriedigung, meinen zerschmetterten Wecker, den ich peinlich genau auseinandergenommen habe, um gespritzte Kinder mit unsichtbaren Hüten zu finden. Sie heißen Nati und Tami, die Kinder, Nati und Tami heißen sie, Tiere hören auf ein „i" im Namen. Peinlich genau zerfließt die Erinnerung in mir, in goldenem Licht des Morgens. Bald läutet die Kirche, der tote Wecker bringt nichts mehr ausser Prügel von Dir, Mutter. Oder Mutti?

Nein, Mutter. Du bist kein Tier, Du bist eine Mutter. Eine schön warme und weiche und mit voller Brust behang'ne Mutter. Heute abend treib' ich's mit Dir.

Vielleicht hole ich mal einen neuen Stift, einen schwarzen neuen Stift. Oft habe ich es geprobt im Geiste. Rechte Seite, oberstes Fach. Das Mordgerät in Krankenwagengelb kommt auch gleich mit. Ein spitzes, hoch tödliches Instrument. Kommt auch gleich mit, komm, gehen wir zu Bett. Die Schere heißt Martha, weil sie kein Tier ist. Nur Tiere hören auf ein „i" im Namen.

Ich möchte nicht mehr so sein wie ich gerade bin, wenn ich die Schublade öffne und Stifte teste. Wenn ich Dir Deinen alten wertvollen Schreibtisch mit ausgedienten Kugelschreibern quäle, Papier drüber, auch tot jetzt. Ich spiele auf Zeit.

Und ein Pfeifen dringt an mein Ohr wie eine Kugel aus einer sauber gereinigten Waffe dringt ein grelles Pfeifen mir ans Ohr. Da sind sie, die Zinnsoldaten eines Mittags, ein zinnenbewehrtes Bild aus Maria mit dem Kinde. Nur noch der letzte Schatten in Dir, Mutter, und dann sind wir uns, Mutter. Jetzt den Ort des Schreckens erreichen, jetzt den Ort des Schreckens versöhnen mit Dir, am Torbogen den Ort der bedingungslosen Härte und Stille und eines kleinen Soldaten am Rand.

Ob sie auch daran denkt, ihren Sohn gegen die Wand zu fahren? An eine Tür zu nageln, klobige Holztür wird ein Mittel der Rache, zu nageln und zu schlagen? Mutter mit dem Kinde, und ich besudele ein strenges Bild eines Glaubens für Dich und für mich, Mutter.

Jetzt ist es still. Ich ahne, während vergangne Sterne ich in mir betrachten, was nun kommen will im Wahnsinn einer Nacht, wo ich Dich nehmen möchte, Dich besudeln und zerstückeln wie Fliege, wo ich Dich nehmen möchte und Dein Gesicht zerkratzen; Dich nehmen und Dich herunterholen in Deinen eigenen Dreck. Manchmal erinnerst Du mich an Fliege, Mutter, in meinen Fantasien erinnerst Du mich an ein lebloses kleines Ding auf meinem Seziertisch. Du liegst mir auch da, meine liebende Mutter, Du liegst mir auch da, auf dem Seziertisch Bett – hättest Du mir nie Puppen gegeben.

Der Mörder ist ein kleines lebloses Geschöpf so groß wie eine jener Schmerztabletten, die Du so oft einnimmst, Mutter, damit es Dir gut geht, Mutter, der Mörder ist nur so winzig wie die Tablette. Und doch fehlt mir der Mut, ein wenig Mörder heute abend zu spielen wie es mir tausendmal kam und da war und wie eine Nadel in mein Glied stach. Und sticht und eine Hitze daran versucht, und eine Hitze und stirbt und niemand nimmt Notiz daran –

Jetzt ist es bald soweit, Mutter, unsere Vollendung ist nur noch ein paar Stunden alt, Mutter. Und Du stehst nur und löst Kreuzworträtsel und besiehst kaffee'ne Spermaflecken auf dem Tisch und drückst Tropfen in braunes Nazigummi, Du stillgelegtes Stück Dreck, Mutter. Und ich kann nicht ablassen, von Dir zu denken und mit Dir zu schlafen und neben einem leeren Dir und einem kalten Dir wieder zu erwachen, kann ich nicht. Und Dein heiliges Bild wird schwach wie Dein Schatten am Tor und wird endgültig schwach und verschwindet, nur, nein, bei mir verschwindet es nicht, Mutter, bei mir ist es immer da und wird glänzend, wenn ich Dir damit wehtun kann in meiner Verzweiflung über einen dunklen Mörder in Tablettengestalt und angestachelt durch kleine Kindersoldaten und Du stehst da und schaust; ich brauche Deine Hilfe und Du stehst da und schaust stumm, mir nur eine Mutter, eine große starke und feuertriefende Gottesmutter im lichtbekränzten und zinnenbewehrten Gelb. Und Kindersoldat schreit und ein Pfeifen bringt mir ans Ohr, dass ich noch nicht tot bin und noch nicht Dir bin, Mutter. Der Uhr versetze ich einen Tritt und jetzt liegt sie da im Sterbegewand und sie schreit nicht, obwohl es mir Spaß macht – möchte lachen über meine Tat, und lachen weil ich es an Mutter rauslassen kann und lachen über einen Traum vor 16 Jahren – Du bist mir Fantasie nachts im Trinken, im Speien von Gift und Galle, im Speien von lauter Wut und heißen Tränen bist Du mir Fantasie und verschwindest nicht sondern wirst deutlich – Wecker und Uhr sterben für Dich, und haltmachen werde ich nicht, Mutter. Haltmachen nicht. Nein, haltmachen werde ich nicht wollen – wenige Stunden und ein gellendes Pfeifen, das halte ich aus als ein großer Sohn. Ein Traum kommt mir in den Sinn und wird schwer und anklagend. Du hast mich verlassen und ich hasse Dich, Dreckmutter, ich hasse Dich.

Ich spiele im Garten, Mutter. Im Garten, allein. Im Garten hub ich allein ein großes Loch aus, Mutter. Mit meiner roten Schaufel. Wieso rote Schaufel, wieso habt ihr mir eine rote Schaufel gekauft. Ich hasse Rot seit 16 Jahren, Mutter.

Du holtest mich ins Haus wie eine Mutter ihr Kind ins Haus holt wenn ein Abend im Sommer sein Leichentuch breitet. Immer wenn die Kirche läutet, Mutter, holtest Du uns Kinder ins Haus. Halb acht Uhr, jeden Abend. Immer wenn die Kirche läutet.

Am Abend läutet die Kirche. Warum möchte ich nicht heim ins Haus. Warum brennt kein Licht im Garten. Ich verstecke mich unter dem braunen Wohnzimmertisch, in unheilschwangerem Schatten verstecke ich mich mit großer Gebärde der kindlichen Angst. Ich schaue hervor und sehe Deine schützende Hand: die zerfließt im Schatten. Ich möchte nicht hervorkriechen, ich möchte nicht, Mutter. Der schwarze Motorradfahrer. Der schwarze Motorradfahrer kommt jeden Abend und holt mich.

Mit drei Jahren träume ich von einem gestörten Verhältnis zu Dir, Mutter. Du zerrst mich hervor unter meiner Feste. Jetzt kommst Du und zerrst im Glauben dass dies das Beste für mich sei. Du zerrst mich.

Der Motorradfahrer kommt immer aus der Nebenstraße. Er fährt in unsere Straße. Er steigt nie ab.

Mit drei Jahren ist er da. Du und Dein unfähiger Ehemann, ihr steht an unserer Haustür und steht stumm und haltet Gebet für mich, Mutter. Ihr steht stumm wie Du auch jetzt stumm stehst und betrachtest.

Ich habe schreckliche Angst; aber nein, Kind, wovor. Weil Du mich nicht rettest. Er ist eine Schreckgestalt für mich, Mutter. In seiner großen Schwärze und dichten Schwärze. Er macht mir Angst, Mutter. Welch schöner warmer weicher Sommerabend zerfließt überm Traum. Ein goldenes Licht, keine Kante. Alles wie getaucht in spätes spätes Gold.

Er sitzt auf seinem Motorrad. Er sitzt nur. Er ist schwarz und sitzt nur. Vermummt. Neben ihm brennt ein Feuer, ein großes Feuer, ein starkes Feuer wie zu Zeiten von Krieg. In einem heißen Blechtopf, direkt vor unserem Haus brennt - ein Feuer. Ich habe schreckliche Angst vor Feuer, Mutter, warum weißt Du das nicht. Auf dem kleinen spießbürgerlichen Vorweg zu unserem Haus liegt ein rotes Wollknäuel.

Ein r o t e s Wollknäuel. Ein Ende steht etwas hervor.

Vater und Du, ihr steht da und schaut stumm. Ein blankes Grauen, ein blankes Entsetzen schärft meine Gesichtszüge als ich zu euch mich wende in einem letzten, in einem allerallerletzten stummen Hilfeschrei.

Meine Hand schmerzt. Vielleicht liegt im Wohlergehen eine Langeweile, ich möchte nicht aufhören zu schreiben über Dich, Mutter, und über Deinen leidenden und unfolgsamen Sohn. Ich mag Dich nicht, Mutter, wenn ich mir Dich so vorstelle, wie Du sitzt, so schwach. Wenn Du sitzt und Deine Welt aus einem gelben schlammigen Fluss in Mogadischu besteht. Wenn Deine Welt aus kleinen, fein säuberlich auf betongraues ohne-Chlor-Umweltpapier gedruckten Kästchen besteht. Du bist eine spießige alte Hexe, Mutter.

Wenn ich tot bin, dann darfst Du das hier lesen, Mutter, wenn ich tot bin. Nur bin ich es noch nicht. Nur bin ich es noch nicht...

Meine Hand schmerzt noch.

Ein nackter Körper verteilt sich in Deinem Schatten. Ein entkleideter, nackter Körper, ein entblösster Körper aus der reinen Wahrheit und Aufrichtigkeit zeichnet sich ab zu Deinen Füssen. Die starr und gross an mir emporwachsen, jederzeit bereit, einen letzten Stoss zu vollziehen. Der allerletzte Atemzug gilt dem surrealen Dir, gilt Zuckerbrot und Peitsche, gilt einer vollen Wärme an Dir, Mutter, gilt dem ungewollten Begriff an sich und macht ihn prophetisch wie keinen anderen. Gilt einer leichten Ruhe, die sich über Deine Augen netzt, als Du mein Gehen bemerkst. Einer sanften Träne, dass es doch hätte anders werden wollen. Gilt einem Stich ins Herz, der aus Dir einen neuen Menschen machen soll, Mutter. Nie wieder Mutter zu sein oder für immer? Nie wieder Mutter werden zu dürfen; sein tödlich verwundetes Kind weist man nicht ab.

Inzwischen bin ich mir nicht mehr sicher ob Deiner Liebe zu mir. Verlässt Du mich auch noch, Mutter. Ich habe Angst um Dich, Mutter.

Soll ich wichsen über die Geschichte mit dem Autounfall und Baum Rudolf? Du fändest es nicht schön, Mutter. Baum Rudolf auch nicht. Ich empfinde im Nachhinein Mitleid mit Baum Rudolf. Du hast mich immer dazu erzogen, Mitleid zu zeigen mit Wesen die es nötiger haben als ich –

Dein Sohn liegt und stirbt.

Dein Sohn liegt und stirbt und ich gehe mit ihm, dem Mörder, gehe mit ihm durch lichtbekränztes Antlitz hindurch und das erste Mal besiege ich Dich, Gottesmutter in Deiner kränkelnden Schwachheit, gehe ich und werde nicht älter und sterbe Dir entgegen; und auch die Zeit liegt tot und hält Sterbegebet, zinnenbewehrt und Kindersoldaten im großen Gelb eines trauernden Lichts und liegt da und hält Gebet für uns, Mutter. Ich sehe ihn gerne, den kleinen Kindersoldaten in seiner Perfektion, wie er aus meinem Glied kommt, das nicht aufhört, das nicht mehr aufhört auf Dich zu spritzen, Mutter, geliebte Mutter und erotisch.

Ich will Dich nicht sehen. Ich bin nicht zuhause bei Dir in Deiner Ignoranz. Eins, zwei, drei, vier, ich lasse ein Mordgerät Tür hinter mir, fünf, bis vierzehn, eine jede Stufe im dunklen Eck, bis vierzehn, eine jede Stufe millionenfach gezählt und immer wieder gezählt in einer Manie der grenzenlosen Demut, raus hier, weg hier. Versinken in die düstere Beichtstuhlwelt und krankhafte Pfaffenschweinewelt im Kloster; hindurch ein großes Tor wie traumeszeiten zur Pietà und durch den Schatten, und entlang einer Mauer und unsäglich hässlichen und abstoßenden Mauer. Eine lustvolle abstoßende Faszination zieht mich immer wieder an den Ort. Manchmal gefalle ich mir in perversen Fantasien, im Schatten eines Beichtstuhls zu verschwinden und zu wichsen. Am Ort der Heiligkeit ein Kind an eine modrige Wand zu spritzen. Spritzen, Reiben, Riechen. In dieser Reihenfolge. Ohne diese Reihenfolge gibt es nichts was mich interessiert.

Verlorenes Motiv der Katzenklappe und der feuertriefenden Maria werden Realität im doppelten Sinne. Der letzte Schritt muss noch vollzogen werden, Mutter. Nur noch der letzte, nur noch der letzte allerletzte Schritt und dann ist ein unvollendetes Bild Wirklichkeit –

Gehe durch die Katzenklappe auf den Hof, den sonngesehenen. Keine Mutter, kein Erschrecken, kein Lachen. Keine Mutter, kein Erschrecken, kein Lachen. Keine Mutter. Ende der Fantasie. Ein Bau wie ein Gefängnis türmt sich vor mir auf, ein Bau mit zu kleingeratenem Genital, wie alle, die Katholiken. Ein Bau mit zwei zu klein geratenen Genitalien, zwei Glieder die sich angesichts einer Heiligen Maria mit dem Feuerschwert in Richtung Himmel, in Richtung Himmel einer Welt, die verloren hat, strecken, ohne mich. Ich gehe an einer stummen Drohgebärde ob dieser blasphemischen Worte ignorant vorbei, einen leicht stechenden Blick im Rücken. Die Pfaffen haben das gehört, was ich gedacht habe. Mutter. Sie haben es gehört. Und jetzt kommen sie aus ihren Löchern und kommen mit kleinen an die katholischen Beichtstuhlwände, an modrige Wände gewichsten Kindersoldaten daher und sind da und wichsen und blähen sich auf und sterben und lassen nicht zu dass Du stirbst, Mutter. Mir entgegensterben, das wirst Du nicht, nein, Du nicht, Mutter, und auch wichsen wirst Du nicht. Es macht Spaß und ich weiß nicht, warum Du mich schlägst, Mutter, dreimal, auch morgens gleich nach dem Aufstehen, und Du schlägst zu und schürzt die Lippe und trinkst heißen Kaffee –

Erreiche einen langen Steg in den Wald. Tauche ein in einen Schatten der Bäume, tauche ein in einen Schatten und es tut mir gut. Der Mörder geht immer zum Grab seiner Opfer. Endlos lang geht er mit mir, der Mörder. Ich freunde mich mit ihm an, er scheint sympathisch. Geht und wird immer sympathischer, da er nicht stillsteht wie Du, Mutter.

Steht nicht still und noch immer nicht still und wird warm und krank und gelb wie das Licht heute morgen. Geht mit mir durch den dunklen Hexenwald, er spricht zu mir, seine Stimme vertraut und frei von Machwerk. Er ist schön, anmutig, grazil. Eleganz zeichnet seine Züge scharf; wie im Traum meine vom Schrecken geschärft wurden. Auf einer Lichtung am Bach schlafe ich mit dem Mörder aus dem kindlichen Angsttraum.

Es hat lang gedauert.

IV.

‚**M**ein Sohn liegt und stirbt' - und ich will ihm diesen meinen Arm um die Schulter legen, damit er sich tröste.

‚Mein Sohn leidet und weint' – und ich will ihm meinen Schoß offenbaren, damit er sich darin wärme.

‚Mein Sohn winkt und geht fort' – und ich will ihm noch einen letzten Blick schenken, ein Netz aus Trauer über einen viel zu frühen Abschied.

Schlafe mit dem Mörder aus dem kindlichen Angsttraum und immer kindlichen Angsttraum, ein Leben lange schlafe ich und werde nicht mehr müder als abends und in einer grauen Nacht. Ein aschfahler bleicher Totenschädel im Wahnsinn eines blutenden Herzens ist mir der schöne und grazile Kindsmörder. Ein aschfahler bleicher Kinderschädel und immer ein Hauch von voller Mutterliebe und starren Soldaten aus schleimigem und im Rachen brennenden Weiß. Aschfahl wie zur Zeit des allerletzten Sonnenscheins. Aschfahl und kantig im Wahnsinn und aschfahl im matten Gold einer letzten gehauchten Liebeserklärung, verfließt im Schatten eines Sonntags im Herbst. Wenn jetzt die Zeit kommt, Mutter, will ich bei Dir sein, und Dich nehmen und Dein Hintern wölbt sich mir entgegen wie zur Stunde des Rots hinter den trunkenen Augen den Abend zuvor. So I wish you were here. Mutter. Wish you were here. Wish you were here and forever here.

In den flüchtigen Momenten letzter Erinnerung erstarrst Du zur unmenschlichen Salzsäule und Du warst noch nie schöner – und warst nicht schöner als in einem Granit gestoßen mit einem eichelroten Phallus. Und die tote dumme Fliege kehrt zurück zum Klagelied und wird nicht schlauer und wird es nicht. Jetzt ist Zeit. Jetzt ist Zeit, Zeit für Dich, Mutter, und meine elendig stinkende Hose – voll von vielen Kindersoldaten und vielem Dreck – verschwindet im Halbschatten des Tisches und Du bist mir da, Mutter. Tür und Nagel und so mag ich Dich, Mutter, jetzt, so mag ich Dich und liebe Dich und stelle Dich mir vor mit gebrochener Nase und zerrissenem Kleid und endgültigen Schmerz. Schaffe es nicht zum Bett und eine wohlig warme und wohlig weiße Flüssigkeit kommt und tropft und kommt tropfend mir ein Idealbild von toter Fliege mit Muttergesicht auf den Bauch spritzend. Den Bauch, den schon lange niemand mehr geküsst, den schon lange niemand mehr mit sanfter Gebärde erschauern hat lassen. Aber das wünsche ich mir und es wird nichts mehr als ein kindlicher Angsttraum aus toter Fliege und schwarz und gelbem Licht und schwarzer toter Fliege und Mörder mit drei Jahren bleiben, Mutter, und Du kannst es nicht, Mutter. Auch wenn Du schreist und Dir der Nasenknochen an der Raufaser zerschellt mit einem Geräusch wie Sirene in einer Mondnacht zerschellt, warmer weißer Tropfen auf nackter Haut, verklebt ein paar Härchen, und die Sirene zerschellt unaufhörlich in bleicher aschfahler grauenvoller Nacht, über den Augen schwer ein Netz aus tiefer Trauer und tiefer Trauer ein

Netz hinter den Augen und ein Rot einer trunkenen Nacht. Und zerschellt und noch mal, und noch mal, und noch mal, solange bis es einen von uns erwischt – und Du weinst lange und weinst schwere Tränen, schwere Muttertränen und heiße. Und Du weinst lange und legst tiefe Trauer eines verwelkten Blattes hinein in Deine Muttertränen und wirst mir unvollkommen. Und es geht ein zweiter starker Spritzer, und es läuft, Mutter, und es läuft und läuft und läuft und hört nicht mehr auf und noch mal, und noch mal Mutter, noch mal mit dem Gesicht an die Wand gefahren, gekreuzigt an der exkrementebraunen Tür einer spießbürgerlichen Wohnung und gekreuzigt und mir ausgeliefert, und Du selbst bist jetzt, dritter Spritzer. Sei mir da, Mutter. Ich weiß nicht mehr weiter, Mutter.

Ersticke eines Moments, ersticke eines schwachen Moments an meiner eigenen Scheiße, es schnürt und eng schnürt es mir um die Kehle und ich ersäufe mich, da ich dahintergekommen bin, was der Schrei der Sirenen und der gellende Schrei, der gellende Schrei der unvollendeten Nacht und aschfahlen Nacht bedeutet hatte – der Schrei eines ... der gellende Schrei am Morgen, als ein trunkenes Bild in gelber, in gelber Realität ein trunkenes Bild von Dir, Mutter, und ein trunkenes Bild von Dir und mir, als es eintrifft in einer Wirklichkeit, die schon lange am Gelb krankt, ein rotes Bild und das Bild unserer unvollendeten Pietà, Mutter. Bild und Vollendung, noch ein kleines Weilchen, Mutter. Nur noch ein kleines Weilchen und viele unvollendete

Kindersoldaten in zornigem Marsch und traurigem Marsch. Und viele gelbe Scheren, viele gelbe spitze Scheren, und ich denke und nie wieder ein Krankenwagengelb weil ich nicht mehr...

„Paul!"

Der Schrei stürzt und stößt mich in ein Leben zurück. Vor fasriger Scheibe ein Krankenwagengelb und ein Schreckensmotiv vor fasriger und viel zu milchiger Scheibe. Keuchend geht mir der Atem, geht mir schwer keuchend der Atem bei Dir, Mutter. Und möchte Dir dienen, wie es der Schrei so wünscht, doch wie, mit Hose auf Halbmast und der Mast ein starker Mast und vor mir Papier, tote Fliege mit toter roter toter roter toter roter Rose auf Halbmast, zerbrochen und geknickt die tote rote Rose. Kleine tote Rose, kleine Rose musste sterben weil sie nicht genügt hat, die kleine Rose, deshalb musste sie sterben, wie traurig, wie traurig, wie traurig, während ich lachend sitze und wichse stirbt sie wie die kleine Fliege, alles dummer unnützer Kreaturenmüll, außerirdisch in ihrer unendlichen Erhabenheit im anderen Leben. Und jetzt schaut Fliege und jetzt schaut Rose und beide lutschen sie das Mordwerkzeug, das Bild unserer Vollendung im Traum im kindlichen Traum, Mutter. Beide lutschen sie es, das Instrument, das Mittel zum Zweck, der heiligt alles. Lutschen und das tut so gut und Du stehst in der Tür und tauchst ein in meine Welt, in der es nach Sperma riecht und schlägst mich, Mutter. Doch ist es nicht mehr lang, sind doch die Kanonen gen Osten gerichtet und schwer und träge und grauenvoll stoßen sie in die Nacht, die Kanonen, die das Morgengrauen erfüllen mit gellenden Schreien, und Bomben sind bereitet, und aus jeder eine Hundertschaft kleine gespritzte mit der Mutternase an der Wand zerschellter Mutter zerspritzte Kindersoldaten in Reih' und Glied und in Reih' und Glied und warum sollte es auch anders sein als so. Eine jede der Bomben heult und zerspringt und heraus ein kleiner Spross vom Glück - und eine miserable und lebensunwerte Kreatur, eine Missgeburt heraus aus jeder dieser Bomben und verseucht die Erde und kämpft unermüdlich gegen eine Ästhetik und gegen Deinen Schatten. Missgeburten sind sie alle, die nicht denken können, und wer braucht sie schon in einer Wirklichkeit aus Dir und Krankenwagengelb und einem gellenden Schrei. Missgeburten und entartetes Leben und nicht eines kleinen Gedankens wert, möchte sie aufhängen mit seiner Mutter mit schweren Tränen und kreuzigen sie, möchte nicht mehr sein, möchte sie leiden sehen. Es tut mir gut, dann weiß ich dass ich lebe.

Paul, schreit sie. Und fährt zurück ob dieses mächtigen Klangs. Und fährt zurück ob der ersten Kanone, die in die Nacht herausragt, die uns gilt, Mutter, der Nacht, die unserer Liebe gilt, Mutter. In der ich's mit Dir treiben werde, und jetzt fährst Du zurück, verschüchtert über das, was Worte in Dir auslösen, die Du selbst in die Welt gestoßen hast wie ich in meinem Wichserwahn. Und sitze nun da und mit sitze da mit der Hose auf Halbmast - Paul, Paul. Paul. Paolo. Hab keine

Angst, mein Kind, nein, wovor. Vor dem schwarzen Mann.

Es ist ein unvollendetes Bild, das sich mir bietet, in seiner Eleganz des Grauens; es ist ein unvollendetes Bild, wie auch mein Leben mit Dir bereits unvollendet geboren worden ist. Es ist ein unvollendetes Werk, unser Halten, an den Händen, und tot, das Werk, sobald die dritte Stimme flüstert. Und plötzlich bricht etwas ab, was Halt gegeben hat im Strom. Und plötzlich hört etwas auf, das uns zwei Menschen näher gebracht hat als jemals zuvor.

Und plötzlich reisst ein Band im Schatten und ein bleicher Mond zwängt sich zwischen uns, Mutter, zwängt sich zwischen uns, als seist Du nie gewesen. Ein Tropfen Licht fällt mir in den halbgeöffneten Mund als wie ein Faden Wassers, als wie ein Faden verschmähten Lebens tritt er wieder aus aus mir, zieht sich den ganzen Hals entlang, bis zum Ansatz meines Haars, das schon lange kraus und matt daliegt.

Paul steht auf. Paul steht und ein Mast und ein tödlicher Mast biegt sich im Wind. Und Paul stirbt Muttern entgegen, und Paul steht und lauscht hinaus, lauscht am Kreuz nach dem Opfer. Lauscht und lauscht am Kreuz und wird nicht mehr müde zu lauschen und immer nach dem Paul von Dir, Mutter. Durch eine Wand aus Schatten nehme ich Umrisse wahr, und kralle mich ins Fleisch des Kreuzes. Ich habe verboten gehandelt habe ich. Und Du erahnst nichts vom alldem. Ach, Paul. Und ich gebe Dir eine Minute um den Krug mit Schatten fortzuleeren und mit Licht zu füllen und mit Deinem Alt-Frauen-Schweiß. Wish you were here, Mutter, wish you were here. Und plötzlich reisst das Band des Schattens und ein bleicher Mond zwängt sich und zwängt mit Kanonen-in-der-Nacht-Gewalt einen riesen Spalt in die Dichte zwischen uns. Erblüht der Mittag, erblüht der letzte Mittag in uns. Richtest Dein Wort an mich, irgendetwas Belangloses, ignorantes Schwein, Mutter, wie Du eines bist und in Dir der Mittag erblüht der Vollendung. Und ein leiser Schauer von Wohligkeit, Du siehst mich nicht, wie ich im Dreck wühle unter Dir in den Sekunden unseres Tête-à-Têtes, Wohligkeit unterstreicht Deine Stimme mit Sanftmut. Und macht sie warm und schön wie eine heiße salzige Mutternase an blut- und spermaverschmierter Wand. Du bist ein Fleck an meiner Wand, und damit hast Du ausgesorgt, liebste Mutter, ich liebe Dich, ignorantes Schwein. Lieber wäre ich Jude, um Dir meinen Schwanz ungebremst mit voller Heiligkeit in Dich hineinzurammen, lieber wäre ich Jude, um ein Aussehen und einen trügerischen Schein zu wahren, einen betrügerischen Schein einer Heiligen Maria die den arglosen Judenspöttel fickt. Ganz die Mutter, ganz die Mutter und der Mittag erblüht noch weiter und wird gefällig und doch nicht gefällig im Herbst und Nebel eines Herbstes. Wie lange zehn Sekunden sich ziehen können, wie ein Herz klopfen kann, wie ein krankes und blutendes wahnsinniges Herz klopfen kann in der Stille eines Schreis im November. So stehe ich da und sehe – nur Deinen Umriss, mit einer Furche aus Licht,

Sternenmutter, auf der Stirn. Ein aschfahler bleicher Totenschädel im Wahnsinn eines blutenden Herzens ist mir mit einem Mal wieder der schöne und grazile Kindsmörder da. Ein aschfahler bleicher Kinderschädel und immer ein Hauch von voller Mutterliebe und starren Soldaten aus schleimigem und im Rachen brennenden Weiß. Aschfahl wie zur Zeit des allerletzten Sonnenscheins. Aschfahl und kantig im Wahnsinn und aschfahl im matten Gold einer letzten gehauchten Liebeserklärung, verfließt im Schatten eines Sonntags im Herbst. Paul steht und Paul liest sich die Zeilen eines spanischen Kinderlieds, eine trostreiche Geste den Ermordeten gegenüber. Schlaft gut, Kindlein, schlaft gut. Und Kindlein Rose und Kindlein Fliege und alle meine gespritzten und verriebenen und gerochenen Kindlein schlafen gut und selig und wissen nicht warum – und nehme Kindlein Rose – K I N D L E I N R O S E, schlaf' gut – in die Hand wie eine schützende Mutter und eine schützende Feuerschwertmutter nur ihr Kind in die Hand nimmt und verbirgt vor den östlichen Kanonen. Drücke fest zu. Drücke so fest zu dass Knöchel meiner schlanken und grazilen Hand, meiner schlanken grazilen Hand aus dem Wald und der Lichtung – mit dem Riss der Lichtung wie nun im Treppenhaus am Kreuz – weiß anlaufen wie die Krankenhauswände des ersten Todes im Februar. des ersten Todes im Februar. Der kam und war da und war da in einer ekelhaften Wirklichkeit. Und die Türe geht und vorbei der Spuk –

Und die Türe geht ein zweites Mal. Und ich gehe, um mich zu waschen und einen Wichsgeruch zu waschen von mir und meiner Mutterhaut. Und gehe in die sterile Welt und gehe und da ist ein Kreuz zum Muttertöten, an dem muss ich vorbei und schnell vorbei, ohne aufzuschauen. Hinter der Toilette liegen immer Haare und Dreck und liegen da auf weißen Ausnüchertungszellenfliesen. Und Haare und Dreck und kleine tote Tiere. Entdecke einen toten Nachtfalter, beuge mich hinunter, nehme seine zarten und zart grazilen Flügelchen und reibe den Staub an meinen Finger, zu lang geratener Zeigefinger wie ein oberlehrerhafter Judenfinger. Knorrig und gelb und wie Wachs der Finger - und reibe den Staub und schlage voller Wucht mit dem Handrücken gegen das Ende des Wasserhahns. Und ein Tropfen tropft und läuft leise über Nachtfalterstaub und weiße Knöchel und läuft leise und wird zur seltenen Liebeserklärung. Nur ein Rauschen, nur ein Hauch, brutale Schweine möchten mir an den Kragen ob meiner Gewichstheit sonntags im Herbst. Mutter, sie wollen mir etwas. Mutter, der Tropfen läuft und will mir etwas, Mutter, der Tropfen. Und im Wüstenwind die Kanone und nur noch vier Stunden am erblühten Mittag und der Tropfen Wassers hart am Stein kentert und zerfließt - ...

Du stehst da und betrachtest mich, Mutter. Warum stehst Du nur da und betrachtest mich, Mutter. Du betrachtest mich wie zur Zeit der letzten Pietà, Mutter, der allerletzten Pietà. Du weißt noch nicht dass sie kommen wird, doch ich weiss es bereits und ich sage es Dir, doch Du hörst nicht - und Du hörst nicht und wirst nicht hören, wenn Dein verletzter und toter Sohn Dir ins Gedächtnis schreit Ich liebe Dich, wenn Dein tödlich verwundeter Sohn in Deinem Schatten kauert und Deine volle Mutterwärme spürt obwohl sie vergangen ist - Du stehst da und betrachtest mich mit einem Blick, der Mitleid und Trauer und Sehnsucht nach mir birgt, warum kommst Du nicht einfach zu mir, zu mir, kommst nicht einfach her und wir schlafen miteinander, hier, auf der Scheibe, bringen einen neuen klebrigen getrockneten Kinderfleck darauf. Ach Mutter.

Und es fällt mir auf dass ich Dich vergessen habe – Dich vergessen, Dich vergessen, Dich vergessen, Dich vergessen habe, vergessen habe, Dich vergessen, habe Dich vergessen, Mutter, jetzt, da Du mich brauchst in Deiner schweinischen Ignoranz am Schatten im Tor, große Mutter mit dem Schwanz, lieber wäre ich Jude, um Dir meinen Schwanz ungebremst mit voller Heiligkeit in Dich hineinzurammen, lieber wäre ich Jude, um ein Aussehen und einen trügerischen Schein zu wahren, einen betrügerischen Schein einer Heiligen Maria die den arglosen Judenspöttel fickt. Ganz die Mutter, ganz die Mutter und der Mittag erblüht noch weiter und wird gefällig und doch nicht gefällig im Herbst und Nebel eines Herbstes.

Der Mittag formt sich zum Rondo und zum großen klassischen Rondo und es werden mir viele vorhalten, viele werden mir vorhalten ich sei einfallslos, ihr Biester, ich wäre einfallslos wenn ich Nachtfaltern die Haut abstreiche und denke es ist Alte-Frauen-Schweiss, so wie ein Kind mit warmen Steinen spielt und sagt es seien Goldklumpen, sagt das Kind, das Kindlein Rose sagt das und das Kindlein Fliege sagt das und ihr sagt das nicht warum sagt ihr nicht zu Steinen Gold und zu Dreck Nahrung und zu Nachtfalterhautstaub Mutter – und Fliege darf nur liegen und Sterbegebet halten am Mittag im Herbst darf es nur, kleines Kind, eins, zwei, Takt für Takt, eins, zwei, mit Fanfaren aus unsichtbarem Goldblech und unsichtbarem Tuch angetan und unsichtbar die Kindersoldaten und ... Tropfen geht und geht und geht die Hand entlang, die Hand entlang, T R O P F E N – geh' die Hand entlang, dann bist Du dran, Tropfen, geh' die Hand entlang. Und ein Kinderlied wird schnell Realität mit einer Hand unter dem dürren Phallus in Steinkeramik. Graue Steinkeramik. Du bist kotzhaft, Mutter. Lieber Weiß, Mutter, oder Krankenwagengelb, Mutter, oder wie die Schere, die spitze Schere. Ich traure. Ich traure tief in Deinem Schatten, Deine Füße ein Bollwerk, eine Festung.

Dreck, Dreck, Dreck auf Dich. Wieso beerdigen Menschen ihre Artgenossen (die meisten haben ein „i" im Namen, Menschen sind Tiere und umgekehrt) im Dreck und Kot von Milliarden von Jahren? Wenn ich tot bin, dann will ich im Schoß meiner Mutter beerdigt werden, nicht in dunkles schwarzes Loch fallengelassen werden. Ich möchte im Warmen bei Dir sein, Mutter, und ganz groß und immer bei Dir sein. Eine lichtdurchflutete Wiese betreten und stehen und betrachten. Wenn ich tot bin.

Langsam läuft der Zeiger der Uhr, läuft beständig. Und ich sterbe mit jedem Ticken mehr unserem Treffen entgegen. Es heult eine Sirene, Feuer, eine Sirene heult. Irgendwo draussen steht jetzt eine rote Feuersbrunst am Himmel, wie mit drei Jahren, als ich Dich und Vater träumte, Dich und Vater, den unfähigsten aller Väter.

Manchmal frage ich mich, ob ich nicht ein bisschen krank bin. Nach dem Tod 2004 habe ich mich ein wenig verändert, Mutter. Du wolltest mir helfen, Mutter, doch nichts half. Du brachtest mich zur Psychotherapeutin, Mutter, und die Psychotherapeutin fragte mich was das denn solle, mit so einer lächerlichen Lappalie zu ihr zu kommen. Das waren meine Erfahrungen mit Hilfeleistern, Mutter, und jetzt machst Du selber Medizin und Psychotherapie und ich klage Dich an dass Du dort auch hingehörst, allerdings als hilfesuchender und im Schmerz scharrender Patient, als Neuling, den man abweist.

Du sollst auch mal Neulinge abweisen dürfen, Du Gott in Weiß, und Menschen die falschen Medikamente verschreiben, Du liederliches Stück Scheiße, Mutter. Du Mistfliege, die Du die allergrößten Probleme mit Dir selbst hast, Mutter, wie willst Du anderen durch ein Medizinstudium helfen wollen. Du bist anmaßend und dreckig, Mutter, und ich liebe Dich dafür, Mutter. Hässlich bist Du wie Du im Tor stehst, im katholischen Torbogen am Kloster, hässlich bist Du und groß und erwachsen und erhaben.

Und rennst immer der kleinen Banane hinterher, die Dich abends durchrammelt, wenn ich an Dich denkend im Bett liege und an Dich denkend im Bett kleine Kinderchen mit Münderchen und Härchen und Ärmchen und Beinchen an die Wand spritze. Spritzen, Verreiben, Riechen. Immer die gleiche Abfolge von pervertiertem Ekel den Du in mich injiziert hast in Deiner Herrschsucht.

Stirb, Mutter, sage ich zu Dir, stirb. Lass mich in Frieden. Lass auch Dich in Frieden mit geheuchelter Barmherzigkeit Deinem verletzten und tödlich verletzten Sohn gegenüber. Verrecke.

Etwas später kommst Du hoch, ich sitze über dem Papier und schreibe.

Es ist ein unvollendetes Bild, das sich mir bietet, in seiner Eleganz des Grauens; es ist ein unvollendetes Bild, wie auch mein Leben mit Dir bereits unvollendet geboren worden ist. Es ist ein unvollendetes Werk, unser Halten, an den Händen, und tot, das Werk, sobald die dritte Stimme flüstert. Und plötzlich bricht etwas ab, was Halt gegeben hat im Strom. Und plötzlich hört etwas auf, das uns zwei Menschen näher gebracht hat als jemals zuvor.

Und plötzlich reisst ein Band im Schatten und ein bleicher Mond zwängt sich zwischen uns, Mutter, zwängt sich zwischen uns, als seist Du nie gewesen. Ein Tropfen Licht fällt mir in den halbgeöffneten Mund als wie ein Faden Wassers, als wie ein Faden verschmähten Lebens tritt er wieder aus mir, zieht sich den ganzen Hals entlang, bis zum Ansatz meines Haars, das schon lange kraus und matt daliegt.

Schon lange hasse ich Deine Katzen und Deine Eltern, Mutter, schon lange Deine Brüder, schon lange Dein verstimmtes Klavier. Du kannst es nicht, Du kannst nicht spielen. Ich bin ein wenig mehr Musiker als Du, Mutter, und ich richte über Dich in einziger verzweifelter Chance, über Dich herrschen zu können. Du bist nicht fähig, einen dynamischem Ton zu erzeugen, Mutter, lass es doch einfach.

Ich lache und onaniere über Dir, was Dich anmacht, Mutter. Wenn die kleine Banane des unfähigen Amerikaners Dich anpinkelt, das macht Dich an, Du Luder. Zu mir sagst Du ich solle doch auf Dir abspritzen: wenn Du wüsstest, was ich immer mache.

Und es läuft und läuft, und immer fünf starke Spritzer aus einer blutroten Spritze schreibe ich auf mein Papier und Du ahnst nicht –

Jetzt steht die Sirene stumm und denkt nach, was sie gerade getan hat. Wer schlägt auf Dich, Sirene, wer schlägt auf Dich nieder um eine Stille zu rächen, eine Stille des heiligen Sonntags 13. November.

Ich lese, wie Du schreibst mit ihm, der kleinen Donut-Banane, und ich lache, weil es mir im Halse steckengeblieben ist, zu weinen und Dich dann zu töten.

Oft bist Du mir ganz nah, wenn ich keuchend meiner Liebe zu Dir freien Lauf lasse und Dir den Arm ausdrehe. Ich würde nicht weitergehen, nur ein wenig Knochen brechen, und dann würde ich Dich in einem blauen – nicht in einem roten – Müllsack verstauen und irgendwo in einer Waldlichtung einen Altar für Dich errichten aus Dreck und Ameisenpisse und dann Dich daraufbetten, mit dem Feuerschwert dastehen und Dir ein Kind auf Dir abspritzen, Mutter. Und meine Füße zu Bollwerken verwandeln in Deinem Schatten. Und Dich mit der Fantasie eines lachenden Gesichts und einer grünen Wiese im Wald zurücklasse und der Einsamkeit zurücklasse auf dass getropftes Licht durch die Blätter auf Dich falle und Dich ein allerletztes Mal in Deiner Schönheit erstrahlen ließe.

Weihnachten, Mutter, Weihnachten. Wenn die Sirene heult, Mutter, Weihnachten. Heiligabend bin ich da und komm Dich holen.

V.

Ich muss mich übergeben, wenn ich an Dich denke, an Dich denke mit den braunen Lippen und dem kleinen Knubbel. Er kommt jetzt und verteilt Kinderchens in Dir, die Flaschenbanane die amerikanische.

Bist Du Dir auch sicher, Mutter, bist Du Dir überhaupt bewusst was Du Deinem Schatten für einen Abbruch tust wenn Du Banane fickst. Ein Riss zerrt sich krachend immer weiter in Deine hohen Festungsmauern aus Stahlbeton und mütterlicher Unangreifbarkeit. In mütterliche Göttlichkeit legt sich ein Keim aus Mensch und ein Keim aus Gift legt sich in mütterliche Festungsmauern. Du bist wie eine schwache Regierung, Mutter, Du bist wie eine schwache in sich selbst instabile Regierung aus lauter Mordopfern. Ein lebender Keim hat leichtes Spiel bei Dir. Höhlt Dich innerlich aus, schält sich Dein Blut von den Augen und fängt an zu speien. Fängt an gelbes Gift und Galle zu speien ob Deiner Göttlichkeit. Nur zu gern wäre ich Dir ein tödlicher Keim.

Und noch oft bist Du mir näher als sonst in jenen Tagen. Jetzt empfinde ich Mitleid mit Dir, wie Du oben im Zimmer sitzt und Fernsehen schaust, wie Du Dir eine Serie der allerübelsten Machart reinziehst in Deiner abgewrackten Selbstdisziplin. Ein gutbürgerliches Trauerspiel in einer einzigen ahnungslosen Unfähigkeit. Eine Serie voll heiteren Lebens, heile Welt, immer gut um zu verdrängen, was mit dem Sohn passierte.

Lege den Stift nieder und lese.

Ich werde nicht aufhören zu denken, Du seist mir Mutter gewesen, denn eine Mutter, und wenn es auch nur für kurze Dauer war, für den Moment eines Augenaufschlags, für den Bruchteil eines Lebens - eine Mutter bleibt Mutter in ihrer ganzen Pracht und bleibt für immer Mutter...

Lange werde ich verweilen vor dem Bild dieser endlosen, unermesslichen Trauer, dieses unsäglichen Schmerzes, den Du in mir verursacht hast. Lange werde ich verweilen vor diesem unvollendeten Bild eines Vertrauens, das gleich zu Beginn gescheitert war.

Ein leiser und nebelhafter Schleier Zigarettenrauchs dringt von oben (14 Stufen, eine jede tausendmal gezählt und entnervend verzählt und noch einmal, den ganzen Tag in einem manischen Tick, perfekt zu sein für Dich, Mutter); dringt von oben herab und zieht Fäden im gellenden Schrei des noch unvollendeten Mittags. Es sind noch drei Stunden, ich wachse und sterbe ihnen entgegen in meiner unverzeihlichen schöpferischen Arroganz. Ich treibe einer Nebelschwade nur zu gern entgegen, sie erinnert mich an Schatten einer unauslöschlichen Schuld.

Du predigst katholisches Gedankengut, doch selber bist Du ein abtrünniges Schwein, Mutter. Predigst Christentum, Mutter. Selbst gehst Du nicht und betest nicht, nur predigen, das tust Du, zwischen einer Zigarette und einem Fick mit Banane predigst Du mir von Kindesbeinen an Enthaltsamkeit, Mutter.

Ich habe ein schlechtes Gewissen, wenn ich mit Mädchen schlafe, Mutter, ein tödlich schlechtes Gewissen habe ich wenn ich sie ausziehe, sie küsse und es mit ihnen treibe.

Wenn ich nicht da bin, Mutter, dann bin ich ein anderer Mensch, nicht der Mensch der ich hier im Hause, im gutbürgerlichen Hause zu sein habe. Im stinkenden gutbürgerlichen Hause, das mir einen heiligen und zerbrechlichen, so zerbrechlich wie Gold, das Du in Deinem Selbstvertrauen auf die Wangen träufst, das mir einen Herbstmorgen beschert der mein Leben verändern wird und mich liebeleer saugen wird. Du hast mir alles genommen, Mutter.

Ich bin ein gutaussehender, ein verdammt gutaussehender junger Mensch, ein Traum von Mann. Ich bin Polizist und Künstler und habe Geld wie Heu, von null auf hundert 850 netto, ich kann sehr sehr gut Klavier spielen und Texte schreiben und Gedichte. Ich mache Sport und habe einen sehr trainierten Körper, nur lieben, das kann ich nicht. Du bist nicht schnell ersetzt, Mutter. Zu langsam. Dein Gewissen treibt Dich in Deinen erzieherischen Fängen ein Anstandswauwau mir zu sein, weshalb tust Du das. Wenn sie Dir nicht gefällt, dann bist Du still und schaust mich verächtlich an; ich erwarte nichts mehr von Dir, Mutter.

Und jetzt zieht Dein Rauch mir hinunter in die Nase. Du rauchst seit 189 Jahren den gleichen Tabak. Drehst seit 189 Jahren Deine Zigaretten in den gleichen

Blättchen. Immer das Gleiche. Immer das Gleiche, nur nicht abweichen vom Weg.

Lege den Stift nieder und lese.

Ich betrachte und werde nicht glücklicher, auch wenn ich mich im Schmerz suhle wie eine Wildsau im Schlamm. Um sich zu reinigen. Ich wälze mich in jeder kleinsten Erinnerung, um mir alles abzuwaschen, was ich Dir bedeutet habe. Ich liege und leide, und werde nicht loskommen von Dir, um in die anderen Schatten jenseits des kleinen Flusses eintauchen zu können.

Wenn Du wüsstest wie oft ich mir eine Mutter wünsche, wie oft meine Fantasien in ein Land hinausschweifen, in der es nur Dich gibt, Mutter, mich, Deinen unfertigen Sohn, ein Krankenhausbett, zwei Ärzte, viele Schläuche und Geräte, die beständig ein Ticke von sich geben, ein übles Piepen, an der Wand in großen giftgrünen Lettern TOD gemeißelt, ein weißes, steriles Doppelfenster, einen Stahlrollladen, und ein gelbes und gräuliches Licht das morgens ins Fenster fällt, tropft und ein Summen verbreitet. Ein Licht wie Traumeszeiten, mit drei Jahren, ein Licht, das sich in seiner vollen Dichte wiederholt am Sonntag im Herbst, ein Licht das sich wiederholt im eigenen Selbst in meiner Fantasie.

Ich liege und atme nach einem schrecklichen Unfall nur durch einen Schlauch, regungslos liege ich da. Ein schwacher Lichtstrahl wie der Strahl Wassers der

Lizikatze tötete auf meinem Gesicht. Ich habe nur gebadet.

Ich liege und liege nur und kann nicht mehr tun als Dich bitten, mir zu sein. Und Du bist mir, eine Mutter bist Du mir, weit weg von Banane und Holzknüppel, bist Du mir eine Mutter. Sitzt am Bett und schweigst und in Deinem ruhigen Antlitz liegen Trauer und Sorge und Liebe. Du sitzt und hältst Wache über Deinem Sohn, der Mist gebaut hat. Und Verzeihen liegt in Deinen Augen, die in einer neuen Klarheit erstrahlen als ich sie nicht wahrnehmen konnte die Zeit davor.

Du hältst meine Hand in unendlicher liebender Sorge, Mutter. Du hältst meine Hand, meine verdammte Hand, das hast Du nie getan. Jetzt bist Du da, jetzt ist eine Pietà ein Stückchen weiter vollendet als ich es mir immer geträumt habe von Dir, von uns zweien. Warum warst Du nie da, als ich Dich brauchte, am Krankenbett, warum musste ich fiebern und frieren unter einer Bettdecke auf der ich später Katze Lizi zerlegen werde. Wieso beißt scharfer Rauch mir auch noch im Krankenhauszimmer in der Nase.

Aber jetzt bist Du da, ja, das weiß ich, jetzt bist Du da und ich darf Dir leiden und Du liebst mich trotzdem, auch wenn ich bereit bin, mit Gesundung Dir das Messer zwischen die Rippen zu rammen.

Schöne Impressionen sind immer zu schnell vergessen, auch ein Tod ist schnell vergessen, ein Tod wie er ganz schleichend kam um mir Danke zu sagen für meine Arbeit an Dir, Mutter. Dafür, dass ich es durchgehalten habe, im Krankenhaus, im sterilen Zimmer, im Gelb des Lichts.

Es ist nur eine Fantasie. Wieso rauchst Du oben, wieso rauchst Du, wieso hast Du das nötig, wieso macht Dich eine Sucht krank, Dich, Mutter. Mutter ist nie krank und immer göttlich und eisern mit dem Feuerschwert. Mutter weint nicht und fickt nicht und reibt und riecht nicht an getrockneten Kindern an der Wand. Mutter tut gar nichts. Mutter steht da und betrachtet in sinnloser Traurigkeit und sinnlosem Grübeln eine nie stattgefundene Szenerie.

Weihnachten kommt Banane aus Amerika und Du holst ihm vom Flughafen ab, so wie Du es Dir schwören wirst in einem schönen Moment mit mir, Mutter. Banane springt auf Bäume und ist ein toller aufregender Typ, wenn nur die kleine Banane nicht wäre. Banane springt auf Bäume, auf lauter Bäume Rudolf und hinterlässt keinen noch so kleinen Fleck. Ich bekomme ein schlechtes Gewissem im Zigarettenrauch nicht bei Dir zu sein, das ist so schön, weil es mich an diese Fantasie im Krankenhaus erinnert. Ich möchte dass Du mir die Hand hältst im Krankenhaus, am Krankenhausbett, möchte ich Deine allzu zarten herausstehenden Knöchelchen auf brauner Haut spüren und nicht Deinen Schatten wenn ich in Deinem Schoß liege und schreie.

Lege den Stift nieder und lese.

Ganz leise berührt mich Dein Haar im Wind. Du stehst stumm da, regungslos mit Deinem Schwert. Ich hasse Dich in diesem Moment für Deine Pracht. Die einzelnen Strähnen kämpfen mit dem Wind, ein wenig Mond überflutet für kurze Zeit Deinen Kopf, Mutter. Nie warst Du so schön und so anziehend wie jetzt.

Ganz allmählich wie ein Schauer von blankem Grauen kommt mir an diesem Mittag im Herbst eine Kurzgeschichte in den Sinn, die ein Jahr früher ihre Nicht-Vollendung erfahren durfte.

In den flüchtigen Momenten letzter Erinnerung wird ein Kinderlied zum Sinnbild für das Vergangene. Es ist der 26. Dezember, kurz vor vier Uhr morgens. Ich sitze im Wohnzimmer vor dem gefrorenen Weihnachtsbaum und denke nach. Es regnet und der in der Nacht gefallene kalte weiße dreckige Schauer bedeckt nur vorsichtig die Stadt. Bald wird auch er seinen Kampf aufgeben müssen sage ich leise. Der Mond zwängt sich durch ein Loch zwischen zwei großen trauernden Tropfen am Himmel, das Licht erstirbt bald in dieser Enge. Ein paar Fliegen kämpfen verlieren – und besterben den Raum, eine nach der anderen – Das einzige Lebewesen ein harter Chitinkörper ohne Nerven.
Warum ist diese Nacht so anders als die anderen Nächte?
Schlafen kann ich schon lange nicht mehr. Ritalin und Baldrian werden wirkungslos in dieser Nacht, der Schlaf kreist um mich sucht und findet keinen Zugang. Das erste Mal seit dieser langen Zeit der Einsamkeit kommt mir jene wunderbarste aller irdischen Melodien in den Sinn.
Der Mond ist aufgegangen, die goldnen Sternlein prangen…

Allmählich beginnen sich schwere Schatten in den Ecken zu bilden, der Raum wird eine Kugel, wird rund und *ungefährlich.*
Kreist um mich, kreist um die Wirklichkeit, die immer noch weit entfernt von mir liegt. Die schweren Schatten werden langsamer und dichter, bis sie jede Kontur aufgesogen haben. Jetzt ist der Tod schon 10 Monate alt und wird nicht älter er bleibt frisch in mir wie eine Wunde die nicht verheilen will und kann. Sie tut ihre Schuldigkeit im Prozess des Quälens und läutert.
Warum ist diese Nacht so anders als die anderen Nächte?
Weil sie Wunden aufreißt und verletzt. Weil sie kommt und verlässt, ohne über Moral auch nur nachzudenken. Weil sie bohrt im Schmerz und vergessene Kinderlieder singen lässt. Denn dann wird die Melodie zum Nagel und Widerhaken. Krallt sich fest, hypnotisiert in der Unnützlichkeit ihres Seins; wird lächerlich und unglaubhaft, bleibt aber in der weiblichen Schönheit ihrer Grundzüge erhalten und für immer erhalten –
Diese Nacht bin ich einsam, vielleicht so einsam wie immer, wie jede quälende Nacht, aber trotzdem ist es diese Nacht widerlich still und verlassen um mich.

Warum ist diese Nacht so anders als die anderen Nächte?
Schlanke Phrasen voller Zartheit bilden sich in mir. Werden geboren, sind da und singen, sterben. Naive Schatten hinterlassen sie keine, auch keine schwarzen Schwämme. Das Kinderlied wird immer und immer wieder zu Trost und Verrat.
Der Mond ist aufgegangen, die goldnen Sternlein prangen...
...bleibt aber in der weiblichen Schönheit ihrer Grundzüge erhalten und für immer erhalten –

Die letzte Erinnerung an diese Melodie wird genau. Ein lachendes Engelgesicht, ein bisschen Bewegung, Ende in dieser Leere der 10 Monate.
Im Osten graut der Geburtstag meines Engels.
J'aurais l'air d'être mort et ce n' sera pas vrai…

Jetzt kommen mir Dinge in den Sinn, die ich längst vergessen glaubte, längst vergessen hoffte. Bilder tanzen, keine bunten Bilder – graue Schemen ziehen auf. Giftgas tropft in meinen Adern, pulsiert im Hirn. Die Ecken des Raumes werden dicht und dunkel, undurchdringlich. Irgendwo in der Ferne tickt die Uhr, ein leises, dennoch aufdringliches Geräusch. Bomben explodieren in dieser Nacht, während sich die ärmliche Sichel des Mondes durch ein Loch in der Wand zu drängen sucht. Ich bin unfähig zu denken, unfähig zu atmen, in dieser Nacht, währenddessen die Bomben heulen, eine jede mit fast unwillkürlicher Präzision; man erwartet sie nicht, und dann sind sie da. Irgendwo in der Tiefe jammert eine Katze, schreit ein Uhu, irgendwo im Nichts. Die Uhr tropft weiter und macht nervös. Ich bin nicht zuhause – …
Morgen früh kommt alles anders, sage ich mir, morgen früh. Wenn sich das Geräusch der Zeiger dem Lärm des Alltags versklavt, wenn es nichts mehr bedeutet, zu hören, wie Du mit jeder Sekunde weiter stirbst, dann ist es Tag. Morgen früh kommt alles anders, morgen früh.
Nichts kommt anders. An diesem Tag bin ich stumm und verletzlich. Stunden tropfen und tropfen und fallen und bleiben doch irgendwo hängen in meiner wunden Seele.
Bilder werden immer schärfer, gewinnen Konturen auf dem säuberlich weiß radierten Blatt. Schraffierte Vergangenheit und viel Schmerz. Bleich und leer waren die Augen wird man

mir später ins Gedächtnis rufen als ob ich das vergessen hätte!
... Bleich und leer die Augen und kalt mein Engel –
Das Tropfen geht weiter und interessiert nicht mehr. Zeit wird unnütz und langweilig an solch einem Tag. In der Ferne dieser Nacht habe ich Schatten gezählt und immer wieder gezählt und habe keinen erreicht in der Ferne dieser Nacht.
Die ersten Fragen mit dem ersten Sonnenlicht. Versuche sie zu verdrängen, um mich nicht konzentrieren zu müssen. Sammle lieber die dunklen schweren Tücher der vorangegangenen Stunden. Die Kälte tut mir gut, im Grau habe ich mich eingelebt.
Und noch immer bin ich nicht zuhause; das Weiß des Schnees und das Glitzern des Schmucks wird zur Signalfarbe, die mich empfindlich reizt. Noch immer bin ich nicht zuhause; irre herum und suche ohne zu wissen, was. Ich verhindere ein Wohlgefühl, eine Entspannung, ein Lächeln...

Ein erstes Aufflackern der Pietà an jenem 26. Dezember, in kalter, toter Luft, in spießigem Gedankengrün einer eisigen Winternacht.

„Paul!“

Ein Schrei lässt mich zusammenzucken, reiße sie auf, die Schublade mit der Krankenhausschere und dem Bildband mit nackten jungen Leuten. Reiße sie auf und lasse Papier und Stift schnell verschwinden. Rechte mm Seite, oberstes Fach. Tausendmal geprobt für den Ernstfall der jetzt eintrifft. Wenn Mutter das liest.

Nichtsahnend verliere ich mich wieder im Dunkel, steige durch immer dichtere Rauchschwaden die Stiege empor zur Höhle des Löwen. 14 Stufen.

Sie sitzt auf dem Bett. Mutter sitzt auf dem Bett, gelbes Laken, ein alter, eingetrockneter Fleck Menstruationsblut, klein, und doch kommen Assoziationen hoch an meine eigene antrainierte Schändlichkeit nachts im Bett, einmal betrunken, am Vorabend, spritze Kinder gegen die Wand und denke an eine geile Mutter mit braunen Lippen und kleinem Knubbel.

Ich habe nichts falsch gemacht am Sonntag im Herbst, habe nichts falsch gemacht. Pflichtbewusst schaue ich meiner Feuermutter in die Augen und versinke in einem Schatten.

Die Zeit der Pietà ist nur noch eine Stunde alt, eine Stunde. Ich werde duschen, werde mich putzen, werde mich ins Auto setzen und verletzten Gefühls Dir gegenüber, Mutter, zu Dir fahren, zu der zweiten Mutter die das Leben mir schenkt, zu Nummer zwei. Schade, nicht wahr. Eine Nummer zwei in unserem Leben.

Weihnachten war schön, war sehr schön ohne Dich. Weihnachten war ich nicht allein,
wie heute noch. Eine Stunde. Eine Stunde und ein Bild wird immermehr vollendet. Ein Bild tut nicht mehr weh. Eine Stunde, eine einzige Stunde.

VI.

An jenem goldgelben und noch schüchternen Morgen ist es mir durchaus noch nicht bewusst.

Den Abend vorher trinke ich und trinke sehr stark, kann mich nicht erinnern. Endlos zieht sich der Abend, endlos die Nacht. Vielleicht schlafe ich gut in dieser Nacht. Du bist mir noch nicht da, Mutter, noch ist mein Bett leer und mein Bett kalt, als ich betrunken und lachend hineinfalle. Es sind Leute da und man feiert ein großes Fest, warum? Wer das denn ahne, am Abend, so spät. Jetzt falle ich in mein Bett und versinke in Erwartung, jetzt falle ich in mein Bett und lass es mir warm sein, mmm
weil ich es nicht besser weiss.

Noch eine Tüte Hasch. Sorgfältig verbringe ich Minuten damit, das Päckchen wieder unter meinem Bett zu verstauen. Drücke mit betrunkener Kraft die Matratze beiseite, drücke sie beiseite, dass der Mond den lachenden Spalt noch sieht. Es knistert und ich weiss ich bin allein. Noch eine Tüte Hasch. Du bist nicht ganz normal, Du, verletzter Sohn, Du, tödlich verwundeter Sohn.

Das Licht geht aus. Jetzt erwarte ich Dich, Mutter. Einen Tag später wirst Du mir sein.

Jetzt sind es schon 24 Stunden seit einem prophetischen Satz. Jetzt sind es 24 Stunden voll Erwartung an Dich, Mutter.

49 Minuten später haben diese langen Stunden der Qual ein Ende und ein neues Leben beginnt, 49 Minuten später.

Tropfen perlen ab auf meiner Brust, ich bin mir meiner lang vergessenen Menschlichkeit bewusst in meiner Nacktheit. Das Duschen tut mir gut, ich werde rein sein für Dich, Mutter, wenn wir nackt nebeneinander liegen mit großen Gesten der Erwartung zweier verliebter Seelen. Mit großen Gesten einer längst verlorenen Zeit. Es kommt kein Licht hindurch, durch einen geschmacklosen Duschvorhang mit blauen aufgedruckten Plastikblümchen drauf. Das erste Mal eine Situation, in der Licht nur eine untergeordnete Rolle spielt im Werden der Vollendung unserer Pietà, der ich unaufhaltsam zustrebe. Das lichtbekränzte Wir im Anblick Gottes. Das unzertrennliche Wir, denn eine Mutter verstößt ihren Sohn nicht.
Das Duschgel an meinem Schwanz fühlt sich gut an.

An jenem goldgelben und schüchternen Morgen ist es mir durchaus noch nicht bewusst.

Ich wache früh auf, es ist noch Nacht. Die Stunden quälen sich und tropfen schwer aus den Ecken. Irgendwo fahren Menschen zur Arbeit, sonntags. Ich glaube nicht und versinke im Taumel der fließenden Übergänge zwischen Traum und Wirklichkeit.

Du kommst herein, Mutter, in mein Zimmer. Du kommst herein, es ist noch nicht Zeit. Du kommst dennoch und weckst mich. In einem Wahnsinn fange ich nicht an, den Tag zu genießen. In einem Wahnsinn ignoriere ich Dich. Ein Wahnsinn, der gleiche Wahnsinn, der mich später in Deine Fänge treiben soll, lässt mich schlafen. Warum schlafe ich gut an diesem Morgen, nach erfüllter Nacht der Erwartung?

Fliege, Fliege, flieg herum in grenzenloser Dummheit, zu Füssen Deine vergewaltigte Menschheit. Fliege, Fliege. Summ herum.

Die eine Tüte Hasch kracht im Bett wie ein Sylvesterknaller, als ich mich träg' aufrichte an einem Sonntagmorgen. Gelb wie vergilbtes Papier steht das Licht der Morgensonne mir da. Ein grelles, doch nicht grelles Licht, das zuckt durch das dreckige Fenster. Fliege bestirbt den Raum. Ich habe das alles verdient hier, alles, in einer grenzenlosen Dummheit, mir zu Füssen die vergewaltigte Dummheit. Fliege über sie hinweg und fliege über alles, was mir Spaß macht an diesem Sonntag. Bis ich sterben will, bis ich sterben will, dann sterbe ich ganz einfach und niemand nimmt Notiz daran -

Wie lustig es doch sein mag, tot zu sein, fragt Fliege mich. Ich rieche nur schlechten Atem und fahre mir durchs Haar. Wie lustig es doch sein mag, tot zu sein, fragt Fliege.

Noch immer weiss ich keine Antwort, stattdessen reiße ich ihr penibel jedes einzelne Beinchen aus, zuerst das vordere linke - Fliege liegt auf der Fensterbank wie auf einem Seziertisch - dann die beiden hinteren, zum Schluss das obere rechte. Die rechte Hand Gottes reiße ich aus, das geht ganz einfach. Wo ich schon dabei bin entferne ich auch gleich unter nassem Flutlicht die Flügel. Fliege, wie ist es, tot zu sein? Schön, nicht?

So wie ich früher den Puppen meiner Schwestern die Arme ausriss, den Haarschopf dem Erdboden gleichmachte, den Mund mit Dreck zustopfte, ihnen eine Mutter sein wollte, denn einen Vater hatte ich nie, woher sollte ich wissen wie ein Vater handelt. Dann lagen sie mm
vor mir und ich erfreute mich daran, sie in den Arm zu nehmen und ihnen mit tränbenetztem Auge meine Liebe zu gestehen. Hätte ich sie doch nur nicht umgebracht.

Fliege liegt da und liegt nur da und sagt nichts zu alldem. Jetzt erinnert sie mich an Geste, die ich früher immer machte, wenn Puppe tot und zufrieden dalag. Ich schloss Puppe immer die Augen, im perversen kindlichen Authentizitätstrieb. Ich schließe auch Fliege die Augen, indem ich ihr langsam aber geduldig den Kopf abzwicke. Daumennagel hier, Zeigefinger da, tot. Nach Pink Floyd läuft Rock 'n' Roll. Auch gut.

Fliege ist nur ein hartes schwarzes kleines Ding, das ich in einem Anfall von Leben wegpuste, nicht aber ohne es vorher schützend in meine hohle Hand genommen zu haben.

Langsam zieht ein endloser Gedanke an mir vorüber; langsam ziehen Wolken auf in meiner sorglosen Trübsinnigkeit, habe ich doch Angst bekommen, jetzt, so still und kurz vor Vollendung des christlichen Bildes der absoluten Vertrautheit.

Noch 28 Minuten werden uns trennen. Mutter,

noch 28 Minuten trennen uns vom neuen Leben. Im Magen pocht eine Angst und eine dumpfe Angst pocht mir im Magen am Sonntag, späten Nachmittag am Sonntag im Herbst. Jetzt wird es ernst.

Und ich werde nicht versagen, nicht so kurz vor der Vollendung, ich werde nicht versagen. Ich werde mich nicht von schlechtem Gewissen und einer katholischen Erziehung hemmen lassen, werde nicht aufgeben. 23 Minuten noch.

Weißt Du, manchmal stehe
Ich noch am Fenster
Und denke,
Du kommst von
Deinem Spaziergang heim.
Vielleicht wäre ich dann
Nur ein kleines Weilchen
Länger glücklich geblieben.
Vielleicht geht morgen
Die Sonne wieder auf,
Nur für ein kleines
Weilchen.
Vielleicht wäre ich dann
Nur ein kleines Weilchen
Länger beruhigt geblieben.
Ich möchte Dich
getragen haben
durch die Weiten
Meiner Gedanken,

Die Dich jetzt zerstören.
Ich möchte Dich
Getragen haben
In meine Welt
Der Poesie
Des Reichtums
In meine Welt
Der traurigen
Trostlosigkeit
Eines Künstlerseins.

Weißt Du, manchmal stehe
Ich noch am Fenster
Und denke,
Du kommst von
Deinem Spaziergang heim.
Vielleicht war es nur
Ein leerer Abend,
Der diese unendliche
Traurigkeit in mir verlor.
Vielleicht war es nur
ein Gedanke, der dieses Glück
zum Teufel schwor.
Vielleicht war es nur dieses
Eine Wort, dieses eine Wort
Des seligen Anderen.

Come and we will
Get the luck, together

We will have this
Luck you've ever searched for.
Ich bereue, ich bereue zutiefst,
dass wir nur ein
Anderes Leben hatten,
als mein Leben.

Ich bereue, ich bereue zutiefst,
dass ich nicht wusste,
wer Du warst,
was Du brauchst.
Manchmal stehe ich noch
Am Fenster und denke.
Und schaue hinaus
Auf das Leben draussen.
Und schaue hinaus
Auf das Leben draussen,
das sich nun ohne Dich
weiter zerrt im Glauben
an den Einzigen.

Wenn Du wüsstest
Was Du mir bedeutet
Hast in Deiner
Herrschsucht
Vielleicht wäre
Ein junger Spross
Vom Glück heute
Mit uns.

Wenn Du wüsstest
Wie oft ich
bis zum Schluss
Dich angeschaut
Und innerlich
Geschrieen habe
Ich liebe Dich
Ich liebe Dich
abgöttisch

Meine Taten waren
Schändlich, doch ohne
Zu wissen, warum.
Meine Taten waren
Eines Menschen nicht wert,
doch ohne zu wissen,
dass es so schön hätte
werden sollen.
Ich war eine kleine
Figur in einem Spiel
Der grenzenlosen Macht
Und des grenzenlosen
Hasses.
Vielleicht wäre dann
Alles anders gekommen,
vielleicht.

Und nichts kam anders.

Wir sind uns gleich

Geblieben.
Ich litt wie ein
Kranker Stier,
ich litt wie ein
tödlich verwundetes
Reh
Unter Deinen Fängen
Doch war mir das
zum Wohl meines
unmenschlichen Schmerzes,
als mir bewusst wurde,
was ich getan habe.

Ich möchte um Dich trauern
Können, doch Weinen
Kann ich nicht.
Ich möchte um Dich schreien
Können, doch sprechen
Kann ich nicht.

Ich möchte Dich für den
Allerletzten Satz
Den Du zu mir sagtest
In den Arm nehmen
Dein Haar glätten
Und Deine heißen Tränen
An meiner Schulter spüren.
Weißt Du, manchmal stehe
Ich noch am Fenster
Und denke,

Du kommst von
Deinem Spaziergang heim.
Ich möchte Dich dafür
getragen haben
In die unendlichen Weiten
Des Trostes.
Meines Trostes,
Dem Du nun in Deinem
Schmerz nicht mehr bedarfst.

Der schwere Ernst, die
Traurigkeit, die in jenem
Satz lag, den Du damals
Mir schenktest,
werde ich nie vergessen.
Werde ich nie vergessen.
Ich habe nie um Dich geweint,
Ich habe nie um Dich geschrieen;
Du hättest es nicht gehört.
Du hättest es nicht hören wollen.
Verzeih mir,
zum letzten Male.
Gib mir mein Leben zurück.

Vielleicht wäre ich so
Ein kleines Weilchen
Länger glücklich.
Doch bin ich verbrannt,
Da ich war zu nah
An der Sonne.

Ich habe nicht verstanden,
Dass Du mich brauchst,
Ich habe nicht verstanden,
Dass es dieses Wir
Nicht mehr gibt.
Ich habe nicht verstanden,
Dass ich Dir wichtig war.
Ich habe nicht verstanden,
Dass jener Weg, den ich
Zu Beginn gegangen bin
Ein Leben kosten würde.

Weißt Du, manchmal stehe
Ich noch am Fenster
Und denke,
Du kommst von
Deinem Spaziergang heim.
Manchmal tun sich
Abgründe auf in mir

Wenn ich zurückblicke
Auf Dich.

Ein Abend im Winter,
Als wir spazierengingen
Im Schnee, so voll von
Glück, so trunken von Dir.

Manchmal tun sich
Abgründe auf in mir

Wenn ich zurückblicke
Auf Dich.

Ein Morgen im April,
als Du zurückkamst
aus Frankreich
ich stand und war trunken
in Erwartung an Dich.
Ein langes Quietschen
Kündigte Dich mir an.
Kündigte Dich mir an
An jenem Morgen,
von dem Du hinterher
sagen wirst,
Du hättest Dich nicht
Gefreut.

Du hättest Dich nicht
Gefreut mir zu begegnen.
Du hättest...
Dich nicht...
Gefreut...
Auf mich.

Manchmal tun sich
Abgründe auf in mir
Wenn ich zurückblicke
Auf Dich.

Ein Abend im Mai,
Als wir im Kofferraum
Deines Autos saßen
Und ich so teuflisch
Traurig war, dass Du
In Deiner
ganzen Schönheit
Nur ein paar Zentimeter
Entfernt und doch
Viel zu weit weg warst.
Manchmal tun sich
Abgründe auf in mir
Wenn ich zurückblicke
Auf Dich.

Diese Abgründe machen es
Mir schwer, Dich zu vergessen
Und Dich zu verdrängen
Aus allem, was mir lieb
und teuer ist.

Vielleicht wäre ich so
Glücklicher, wenn Du
Verschwunden wärest
aus meinen Gedanken;
wenn Du
verschwunden wärest
aus meinem Herz.

Doch ist es nichts

Als ein kleines Wort
Dass ich Dich nicht
Verliere.
Doch ist es nichts
Als ein unscharfes Bild
Dass ich Dich nicht
Zerstückle.
Doch ist es nichts
Als ein vager Gedanke
Dass ich Dich nicht

Vergesse:
Du.
Weißt Du, manchmal stehe
Ich noch am Fenster
Und denke,
Du kommst von
Deinem Spaziergang heim.

Weißt Du...
Manchmal...
Stehe ich...
Noch am Fenster...
Und denke...
Du kommst von
Deinem Spaziergang heim.

Und stelle mir vor
Wie ich Dich an jenem
Abend in Empfang nähme

Und umarmte
Küsste
Und wir dann
Gemeinsam
Zu Bett gingen.
Du lägest mit dem Blick
Zu jenem Fenster,
an welchem Du jetzt stehst.
Ich läge mit dem Blick
Zu jener Wand,
An welcher Du
ein paar Stunden später
In voller Verzweiflung
Und rasend vor Schmerz
Deinen Kopf blutig schlagen
Wirst.

Irgendwann würde ich mich
Im Halbschlaf
auf Deinen Bauch legen,
um Dein Herz klopfen
zu hören und zu wissen,
Du bist da.
Ich würde Dir im Traum
Erzählen, was mich bewegt.

Wir würden aufwachen,
und Du merktest:
Er ist da. Er ist bei mir.

Ich bin gegangen.
Ich bin gegangen
An jenem Abend
Weil ich es nicht mehr
Aushielt bei Dir.

Ich bin gegangen
An jenem Abend,
nicht, weil ich Dich nicht
geliebt habe.
Ich bin fortgegangen,
weil Du mich fortgehen
sehen wolltest.

Du dachtest Dir
Komm wieder!
Ich tat es nicht.
Du dachtest Dir
Sei bei mir!

Du flehtest mich an
Bleib bei mir!
Ich tat es nicht.

Meine Müdigkeit
Habe ich nach Hause
Getragen an jenem Abend.
Es war niemand da.
Ich war allein.

Ich war auch allein
mit Dir, an diesem 8. Juli.
Ich sah hinauf
zu den Sternen
Und wollte nicht
An solche Schönheit
Glauben.
Ich saß im Taxi
Und habe geraucht.

Du warst nicht da.
Manchmal spüre ich noch
In den flüchtigen
Momenten
Letzter Erinnerung
Deine Hand in meiner.
Ich zucke dann zusammen,
Mein Bauch krümmt sich,
Ich muss mich übergeben.

Es will alles hinaus,
Es will alles, alles hinaus,
Doch finde ich keine
Offene Tür.

Finde keine
Offene Tür,
Durch die ein leiser
Wind aus mattem
Gold meiner Trauer

Entflieht.
Vielleicht war ich glücklich
Vielleicht war ich froh,
Im Mai, Dich zu haben
Und Dir zu sein
Wie ein Tuch
Das Zweifel bedeckt.

Vielleicht war ich glücklich
Vielleicht war ich froh,
An diesem Abend,
Zu hoffen, dass Du und ich
Uns zu einem neuen Leben
Zusammenfinden.

Wie war es, mit mir
Durch eine nächtliche Stadt
Zu laufen, durch ein
Mittelalterliches Tor zu
Ziehen, ohne zu wissen
wer ich wirklich war?

Wie war es, mit mir
Zu schlafen, mich zu küssen,
Ohne zu wissen, was ich
Wirklich von Dir wollte?

Wie war es, zu erfahren,
dass ich ewig
mit Dir sein wollte,

ohne mich dabei zu kennen?
Du saßt Da und warst erstaunt,
Du saßt da und warst sprachlos
Ob meiner nonchalanten Frage
Nach Heirat. Vielleicht
Wäre es noch geglückt.

In dieser Nacht
Heulen die Sirenen
Eine jede mit dem
Urschrei des Leids
Des tiefen Leids
In dieser Nacht.
In dieser Nacht
Fallen Bomben
Eine jede mit fast
Unwillkürlicher Präzision,
und dennoch mechanisch
und dennoch freudig
In dieser Nacht.

In dieser Nacht
Reißen Wunden
Reißen Wunden auf
Die schon ewig bluten
Reißen weiter auf
In dieser Nacht.

Während der Mond

Sich wie ein scharfer
Riss durch zwei
Große trauernde
Tropfen am Himmel
Zwängt.

In dieser Nacht
Verstirbt ein Mensch
Für einen Menschen
Den er geliebt hat
Den er besitzen wollte,
nur um sicher zu gehen,
dass er *ist.*

In dieser langen,
quälenden,
höllischen Nacht
Vergeht ein Mensch
Zerschmilzt ein Mensch
Unter dem Feuer einer
Jener Bomben.

In dieser langen,
quälenden,
höllischen Nacht
zerspringt ein
gewohnter Gedanke
wie ein Stück
altes Glas.

In dieser langen,
quälenden,
höllischen Nacht
finde ich nicht
mehr zu mir.
Ich werde ohnmächtig
Zusammenbrechen
Im Glauben an mich,
Der ich so hart war.

Ich werde ohnmächtig
Zusammenbrechen,
man wird den Arzt rufen
und mich zurückholen
In eine Wirklichkeit,
die schon lange
vergangen war.

Ich werde viel Alkohol
Trinken in dieser Nacht
In der sich die
Abgründe auftun
Und ein kleiner Satz
Zum Urteil werden soll.

Du hast dieses Urteil
Zu fällen vermocht,
ohne es so
gemeint zu haben,
wie ich hinterher

erfahren werde.
Es ist besser für Dich,
Wenn Du jetzt gehst.

Am nächsten Morgen
Wird Dein Bett
kalt und leer
sein.
Am nächsten Morgen
Wirst Du am Fenster
Stehen und mich
Vergeblich erwarten.

Die Bombe schlug ein.
Wie freue ich mich
Auf diesen Tag
Wie freue ich mich
Auf diese Nacht

Wir hatten am
Abend telefoniert,
sollten uns treffen.
Ich weiß nicht mehr
Warum, aber mir ging es
Wunderbar in der Stille
Dieses Sonntags
Im November.
Ich war glücklich,
überglücklich
in der Stille

Dieses Sonntags
Im November.

Vielleicht ging
Ein sanfter
Nebel über die Stadt,
Als ich Dich traf.
Vielleicht lag
Eine leichte
Traurigkeit
Über dem Fluss,
Als meine Augen
Die Meinen trafen.

In sich schlossen
Und für immer
In sich schlossen.
Ein Immer,
Das enttäuschte.

Ich wünsche mir
Ein Leben wie an jenem
Sonntag im Herbst,
Dem Tag der Trauer,
Dem Tag des Nebels.

Du warst warm
Du warst warm neben mir.
Vielleicht eine
Volle Wärme,

Wie sie manches Mal
Mütter an sich tragen,
Ging von Dir aus
Und zog an mir
Im Geiste des
Kennenlernens.
Der Sonntag im November,
vielleicht war er falsch.
Der Sonntag im November,
Vielleicht war er nur
Ein kleiner Wink des
Schicksals.

Vielleicht hätte ich es
Besser gekonnt, als ich
Es schlussendlich tat.
Weißt Du, dass Dein Haar
Roch wie eine frischgeschnittene
Sommerblume?
Weißt Du, dass mir die Falten
Deines Ellenbogens
Auf meinem Knie
Ein Zeichen der
Unbedingten Vertrautheit
Waren?
Weißt Du, dass ich
Dich aufgesogen habe
In mir
An jenem ersten Abend,
Da von fern der rötliche

Schimmer einer
Sich gebärenden, brüllenden
Feuersbrunst am Himmel
Lag?
Ich hatte nicht geahnt
Dass sie mir gelten wird.

Weißt Du dass
Auch ich noch
Am Fenster
Stehen sollte
Und hinausschaue,
Um Dir ein Gefühl
Der Sicherheit zu geben,
Um Dir ein Gefühl des
Trost zu offenbaren,
Meinen unsichtbaren Arm
Um Dich zu legen
Und zu sagen:
Komm zu mir, da bist Du sicher -
Wie freue ich mich
Auf diesen Tag
Wie freue ich mich
Auf diese Nacht

Die noch kommen wird,
Im Gedenken an einen Tag,
Im Gedenken an eine Nacht,
die vielleicht mehr wert war,
als vorher 18 Jahre.

Die noch kommen wird,
Um über mich zu richten
Und das feuertriefende Schwert
Über meinen nackten, falschen
Hals zu erheben,
Heischend der Blutschnur,
Heischend des flachen Atems,
Heischend dem Knacken,
Wenn ich nicht mehr sein soll.
Die noch kommen wird,
In ihrer Leere danach,
Um sie hinauszuschreien,
Die Stille,
Die widerwärtige Stille
Eines toten Menschen.

Die noch kommen wird,
Um sich an Dir zu erfreuen,
Die Du so vor Leben sprühst,
Wer hat auch Dir verziehen?

Nur zu gerne
Greife ich
Dich an
In einer stillen
Verzweiflung,
Die noch nichts ahnt
Vom großen Bruder Angst –

Vielleicht wäre ich

So glücklicher,
An jenem Abend.
Vielleicht gibt es nur
Diese eine Möglichkeit.
Wieso hasse ich Dich?

Und wieder vergeht ein kleines Licht.
Vielleicht tropft irgendwo
Ein letzter Gedanke
Des kleinen Lichts
Von einer kahlen Wand.
Vielleicht spielt der Mond
Ein letztes Lied
Dem kleinen Licht
In eine hohle Hand.

Was bleibt, ist Schweigen.
Und eine leise Träne
Bleibt beim kleinen Licht
Was bleibt, ist Schweigen.
Die Wunde tut ihre Schuldigkeit
Im Prozess des Quälens
Und läutert.

Inzwischen legt sich
Der Abend über einen
Trauernden Himmel
Und wird genau.

Inzwischen kommt

Eine Kälte auf
Ich weiß nicht mehr,
Wie Du im Bett liegst

Ich weiß nicht mehr,
Wie Du lächelst
Ich weiß nicht mehr,
Wie Dein Herz klopft
Ich kenne nicht mehr
Deinen weichen Bauch
Den zarten Duft Deines Halses
Deinen rauen Mund –

Weißt Du,
Manchmal stehe ich
Nachts auf
Und weiß nicht,
Warum Du nicht da bist.

Weißt Du,
Manchmal stehe ich
Nachts an der Tür
Und greife die Klinke,
Um zu Dir zu gehen.

Weißt Du,
Manchmal bin ich
Dir nicht mehr
Im Leben

Bin ich
Dir nicht mehr
In meinem Leben.

So beginnt
Ein Totentanz,
Ein satt schimmernder
Reigen um ein schwarzes
Haar
Ein satt schimmernder
Reigen um eine volle
Wärme
Ein satt schimmernder
Reigen um ein wenig
Du.

So beginnt
Ein Totentanz
Vor dem lachenden
Feuerhimmel

Vor der Traurigkeit
Des Sonntags im November

Vor dem Nebel
Über einem Fluss

Vor goldgelbem

Schein der
Unzähligen Kerzen

Die unsere Nacht
erhellten
Sich wiederholend
Im Glanz des Vollmonds
Einer allerletzten
Nacht im Juli.

So beginnt ein
Teuflischer Reigen

Um das Gold
Eines Gedankens
Eines einzigen,
Jungen Gedankens.

So beginnt
Unser letzter
Gemeinsamer
Tanz
Auf
Erden.

Ich möchte Dich
Getragen haben
Auf den Schwingen
Meiner Gedanken

Ich möchte Dir
Für den allerletzten
Satz den Du
Zu mir sprachst
Die heißen Tränen
Getrocknet haben.
Reiß sie nieder,
Unsere Stadt,
Bis auf die
Allerletzten Mauern

Reiß sie nieder,
Unsere Stadt,
Bis Du auch
Den letzten Stein
Zerbröselt und
Ins Meer geworfen

Reiß sie nieder,
Die Stadt Venedig,
Damit es Dir gut geht

Reiß sie nieder,
Reiß sie nieder,
Ich bitte Dich darum,
Reiß sie nieder,
Verpeste den Lebenshauch
In unserer Stadt
Mit Deinem Hass
In unserer Stadt,

In der Du so oft
Am Fenster standst

In unserer Stadt,
Die einmal ein Leben
Bedeutet hatte

Reiß sie nieder,
Die Winteridylle
Reiß sie nieder,
Die Stille
Eines Sonntagmorgens
Im April
Reiß es nieder,
Das warme Gold
Der Kerzen

Am Ort unseres
Ersten Treffens

Reiß alles nieder,
Um sicherzugehen,

Dass Du frei und
Nicht mehr belogen bist

Reiß alles nieder,
Was Dir wichtig war
An Deiner Stadt

Reiß die Vorfreude nieder,
Die wir hatten auf eine Heirat

Reiß es nieder,
Dass ich in Zeiten
Eines tiefsten Leids
Letzten Winter
Bedingungslos
Zu Dir gestanden habe

Reiß nieder,
Dass ich Dir
Gezeigt habe

Dass Du mir
ALLES bedeutest.

Reiß nieder,
Dass Du Dir
Bewusst sein durftest,
Dass ich mich
Für Dich entschieden
Habe.

Reiß sie nieder,
Unsere Stadt Venedig.

Weißt Du,
Manchmal stehe
Ich noch

Am Fenster
Und denke,
Du kommst
von Deinem
Spaziergang heim.

Und ich wäre gekommen.

So denke ich an Dich, Mutter, während 164 PS Dir entgegenrollen, ein nasser Zug aus schwerem Stahl, jederzeit bereit, Dir das Messer zwischen die Rippen zu stoßen, zu stoßen und das jüdische Messer zu stoßen und mit söhnischer brachialer Gewalt alles zu vollenden.

VII.

Du bist da und eine Wärme breitet sich aus, sobald Du mir bist.

Gelb, im frühen Abendregen, gelb das große Backsteingebäude. Ich hatte nicht mehr gehascht, ich war nüchtern und bei Sinnen, bei Sinnen war ich leider zu sehr. Du gefielst mir, Mutter. Hässlich warst Du nicht mehr.

In peinlich genauem Perfektionstrieb gingst Du mir tausendmal durch den Kopf, Mutter. Eine hämische, feuertriefende Mutter warst Du mir und später, flugs darauf warst Du mir ein Engel mit seidenen Füßen und kein Bollwerk wie später die Fantasie in meiner Hurerei mit Dir, Mutter. Warst mir ein Bote, ein leiser Bote vom anderen Leben drüben, warst eine Madonna im Strahlenkleid der kitschigsten Katholikenmaler des siebzehnten Jahrhunderts.

Jetzt bist Du mir nichts mehr.

Wir gingen und gingen und über eine surreale Straße aus viel Lärm gingen wir in Richtung Backsteingebäude. Kerzen waren dort und viele Kerzen halfen uns und viel Alkohol über die erste Schwelle. Wir lachten und heute ist es nur noch ein totes leeres Traumbild, eine Halluzination in Drogenexzessen und Wahnsinn und viel Trauerkleid. Ich trage Trauer im Innersten, und der Wüstensturm will sich nicht legen in meiner Trauer, wenn ich an unseren Tag der Vollendung denke.

Noch ist nichts vollbracht.

Jetzt stehst Du am Fenster und schaust hinaus, an einem Fenster aus einer Kirche und in christlicher Haltung wie ein Prediger am Pult und stehst und schaust stumm, Mutter. Ich entferne mich in Gedanken von mir und lasse es sein wie es sein muss, nur noch der letzte Tropfen Kind und dann ist es da, das letzte Teil in unserer Pietà. Der Schatten taut auf und zerfließt über Dir und Deinem dunklen Haar, Mutter, es ist wie das Gefühl als ich die Katze in ihre Einzelteile zerlege. Ich trage Angst und Angst vor Dir und mir trage ich schwer mit mir herum. Wir lachen wie auf grüner Wiese und hinter einem offenen Tor lachen wir beide herzlich und ein wenig verlegen, Mutter.

Jetzt bist Du mir schon fast da, wie Du am Fenster stehst und schaust und stumm schaust. Ich spüre in einem Sturm Deine Erregung, all' jene Erwartung, die ich in Dich gesetzt habe, Mutter, ist nun unser beider tödliche Erwartung und Empfindung.

Ich hasse Dich in Deiner Schwachheit am Fenster. Du bist nicht fähig, mich zu lieben, Mutter, wo Du mich noch lange nicht kennst. Das wird uns das Genick brechen, Mutter. Du bist unfähig, mich zu lieben, mir in die Augen zu schauen und meine Hand zu halten an einem Abend im November, an einem stillen Herbstabend.

Ein heiliges Licht aus einem Meer von unzähligen flackernden Seelen beleuchten Dich und leuchten Dich pervers schön aus an einem Fenster. Schaust hinaus, die Hände in Unschuld. Die Knöchel beider Hände auf den harten Sims gestützt, auf einen harten Sims wie ein Seziertisch für das kleine zerquetschte Ding Fliege ein paar Stunden zuvor. Ein Stück Fliege kommt mir in den Sinn, und ein leises Knistern meiner Einsamkeit gestern abend kommt mir in den Sinn. Ausgelöscht das schwere verletzte Bild einer großen feuertriefenden Gottesmutter habe ich Dich nun vor Augen, entfliehe aus einem spießbürgerlichen Traum aus Gift und Galle an den Wänden und aus einem spießbürgerlichen Traum aus zerronnenem Nazigummi an Fenstern mit einem Fingerabdruck eines in schwerer Trauer depressiv hineingestempelten Polizisten-daumens, habe ich hinter mir gelassen und werde es mit Dir treiben, sodass mein Bild der Gottesmutter auf immer erfüllt sei.

Ich warte ab in schlichtem Gewand der Seeligkeit, der vollkommenen Seeligkeit, mich fallen zu lassen in Deinen Schatten. Überspitztes Bild eines toten Sohnes wabert durch eine flackernde Seele aus heißem Wachs. Vom köstlichen Wachs der Bienen gegossen, heißt es in der Bibel, ich lehne es ab und vergesse ein Lächeln ob Dir und Deiner Anmut. Ein wenig erinnerst Du mich an den Mörder aus dem Wald, mit dem ich mich anfreunden wollte und angefreundet habe um eine Muttergestalt zu rechtfertigen. Ich erkenne dass Du mein Mörder bist, die Tüte Hasch unter meinem Bett kracht warnend ein zweites Mal, der Tropfen auf meiner nassen Haut perlt ab auf meiner nassen Haut ob eines wichtigeren und größeren Gedankens der Vollendung. Das Duschgel fühlt sich gut an an meinem Schwanz, jetzt nur noch der nasse Fellbeutel im Schlafrausch der Toten, eine Angst, ein flaues Gefühl im Magen, eine Hitze, wie wenn Kugeln meiner Dienstwaffe in mich eindrängen, einen Streifschuss habe ich probiert, aus Lust am ewigen Trümmerhaufen Knie, doch das ist geheim – ein gewaltiges Unwetter bricht los in mir in diesem Augenblick, ein allgewaltiges Unwetter aus schlechtem Gewissen, ein Seufzer, Du stehst stumm und betrachtest ein Wrack das sich hinter Dir auftürmt.

Ich Wrack aus Katholizismus und einem prügelnden Selbstverständnis. Die Gitarre schweigt und ein jeder Laut einer Uhr verstummt. Sirene steht stumm, eine Feuersbrunst, Mutter, steht stumm, ein kleiner Gedanke der Befriedigung, Deiner Befriedigung kehrt langsam ein in einen Körper aus Stahl und Intelligenz. Mir fehlen zwei Meter, zwei kleine Meter zu Dir, Mutter, dann bin ich da und wir treiben es miteinander. Ich werde Dir später die Ärmchen und Beinchen herausreißen in tiefstem Grauen, im blanken Entsetzen über Dich und Deine Gleichheit dem anderen Pack mm auf der Straße. Ich liebe Dich, Mutter, es ist nur noch ein Meter. Du strahlst eine Göttlichkeit aus, in der ich mich getäuscht haben werde eine lange Zeit später. Lange überlege ich Dir zu sein, in Deinem langen schweren Irrtum den Du mir vorwirfst. Ein verdammter Meter.

Gelbe Wände aus Licht bestreiten jetzt mein Handeln, ich will nicht mehr und will nie wieder geschlagen werden von Dir, Mutter, nie wieder will ich geschlagen werden wenn ich tödlich verletzt und sterbend in Deinen Armen liege. Ich warte nicht mehr ab in Seeligkeit, ich lasse mich ersticken von einem willenlosen Geschöpf wie Du es mir bist an diesem Abend, Mutter.

Du stehst am Fenster und denkst. Ich warte nicht mehr ab und warte nicht mehr auf Dich, Mutter.

Ich bin Dein großer Sohn und umfasse Dich um Deine Hüften. Sei immer mein. Ein gellender Schrei der erfüllten Erwartungen sei immer mit Dir, ein Schrei wie ich ihn nicht wollte vor ein paar Stunden, wie ich ihn nicht zu wollen glaubte. Ein erfüllter Schrei und eine lange Nacht der langen Schreie werden uns nie wieder enttäuschen. Ich treibe es mit Dir, und aus meiner blutroten gewissensgeplagten Spritze lachen Millionen und Abermillionen Kinderchen mit Ärmchen und Beinchen, alle zum Entreißen und sorgsam Nebeneinander-vmvmv
schichten aus mir heraus.

Du bist da und bist mir warm da und bist mir ewig da, die Pietà eines tödlich getroffenen Sohnes ist erfüllt.

* * *

Epilog. Die Vollendung.

Montag, 14. November 2005, morgens.

In einem abgelegenen Waldstück werden die Leichen eines 18jährigen Mädchens und eines 48jährigen Mannes gefunden, beide durch einen Kopfschuss aus einer Dienstwaffe der Bereitschaftspolizei getötet und schrecklich zugerichtet.

Am Abend des gleichen Tages stellt sich ein 19jähriger Polizeimeisteranwärter selbst den vor Ort ermittelnden Behörden.

Die beiden Toten werden später von Angehörigen als Nora X. und Klaus X. identifiziert, die Freundin und der Vater des Täters.

Nach Aufnahme der Täteraussage wird er der Untersuchungshaft zugeführt. Dort finden ihn Beamte am nächsten Morgen leblos auf.

Der schnell eintreffende Arzt stellt als Todesursache eine Überdosis Haschisch fest.

In seiner rechten Jackentasche findet die Spurensicherung das Bild einer christlichen Pietà.

* * *

[Vollendet am Montag, den 9. Oktober 2006 um 1:00 Uhr in der Nacht mit der Musik von Tom Wait's „Cemetary Polka" im Ohr.]